Un hôtel à Paris

Dominique Van Cotthem
Rosalie Lowie
Frank Leduc
Emilie Riger

Un hôtel à Paris

Nouvelles

© Couverture : Ergé (photo et conception).

©2020, Dominique Van Cotthem, Rosalie Lowie, Frank Leduc, Emilie Riger

Edition : BoD – Books on Demand
12/14 rond-point des Champs Elysées, 75008 Paris
Impression : BoD – Books on Demande, Norderstedt, Allemagne
ISBN : 978 – 2 – 322 – 206-926
Dépôt légal : mars 2020

À Florence
… et à tous nos pingouins

PRÉFACE

8H10. Paris. Gare de Lyon. Les trains font crisser leurs essieux d'airain et déversent leurs flots d'humains sur le quai d'une gare engloutie dans l'épaisseur des volutes matinales. Happé par la foule, je tente une trajectoire à contre-courant pour m'extirper de ce tsunami humain. Une rampe d'escalier me sert de point d'arrimage et me mène au Train Bleu, havre de quiétude temporaire, avant que je ne replonge dans les entrailles de la capitale intemporelle. Quelques bouches de métro plus tard, j'abandonne mon apnée sur les quais moribonds et me rends à ce petit hôtel de charme, lové dans le quartier Saint Paul, où m'attendent quatre auteurs impatients de me donner de leurs nouvelles et d'échanger une de leur nouvelle contre un portrait. Ah oui ! J'ai oublié de vous dire ; je suis photographe et je fais des photos uniquement de gens qui ont des choses intéressantes à écrire. Avec eux, je suis servi sur un plateau.

L'hôtel, sobre et néanmoins cosy, mêlant déco rococo et dorures bucoliques ne paie pas de mine. Je ne suis pas étonné car les écrivains - même ceux à la page - vont toujours dans des hôtels qui ne paient pas de mine, histoire de passer inaperçus entre les lignes. Jusqu'au jour où le succès les rattrape, effaçant ainsi leur mine de papier mâché patiemment sculptée par les nuits blanches, le café noir et les insomnies à répétition.

Ces quatre auteurs, je les appelle les quatre fantastiques. Ils font partie de cette nouvelle vague d'écrivains post années 2000 dont les écrits mériteraient un quatre étoiles au Michelin de la littérature, s'il existait, vue la délectation avec laquelle leurs lecteurs les consomment goulûment, accompagnés d'un verre de Pouilly fumé à la terrasse du Café de Flore.

Aujourd'hui, je suis chargé de préfacer leur dernier recueil jusqu'à ce que mots s'ensuivent. Mais ne nous voilons pas la face, ce n'est pas chose aisée que de décrire en quelques mots ce que, eux, se sont évertués à écrire en quelques folios. Ma parole ! Si j'avais su que ce serait aussi difficile de parler d'eux, je leur aurais laissé la parole et ils vous auraient démontré par leurs mots, que le silence est d'or, comme leurs écrits. Car, oui, chaque nouvelle qu'ils nous dévoilent ici peut s'enorgueillir d'être dorée à l'or fin et sertie d'une histoire minutieusement ciselée.

Je salive d'avance rien qu'à la pensée de lire leurs nouvelles toutes fraiches à ces quatre-là, qui n'ont pas la langue dans leur poche pour nous mettre l'eau à la bouche. Confortablement installés dans les poufs lounge de la cour intérieure de ce charmant hôtel, à l'ombre des jeunes tiges en fleurs, ils sirotent un cocktail fait maison par le patron et me proposent en guise d'apéritif le nectar de leurs nouvelles, intitulées "un hôtel à Paris".

4 nouvelles insolites comme des cocktails explosifs s'alignent ostensiblement devant moi me tendant leur mixologie, chacune révélant une saveur particulière dont les assemblages à coup sûr recueilleront mes faveurs.

Un hôtel a ceci de particulier qu'il est une étape dans un voyage. C'est un lieu de pèlerinage où ceux qui y font escale laissent derrière eux les traces de souvenirs dont l'empreinte marque à tout jamais le lieu. Parfois le hante. C'est le cas de **Jean** à l'hôtel des Anges, au 110 de la rue Lepic, dont la vie bascule en ouvrant un tiroir de commode dans lequel se niche un secret bien gardé depuis des années révélant les clés d'un passé saisissant. Bouleversant.

Je déguste la seconde nouvelle. Dès les premiers mots, il faut avoir le cœur bien accroché et s'accrocher encore pour vivre les derniers maux. Mais la plume est tellement aiguisée que le tragique a des allures de "féérique", que l'esprit balance entre émotion et rébellion. La rébellion d'une vie pas comme les autres pour **Alberto** aux prises avec un destin impitoyable mais sous l'emprise d'un souffle de vie invraisemblable. Dans cet hôtel Paradis, l'enfer n'est pas forcément l'envers du décor. Tragique.

Pas le temps pour un trou normand, j'engloutis la troisième nouvelle.

Celle de la bienveillante **Clémentine**, veilleuse de nuit occasionnelle à l'hôtel des Petits Miracles, face au secret de la chambre N°18. Comme une impression de me retrouver dans un escape game où les murs rétrécissent au fur et à mesure que le dénouement se profile. Mystérieux mais plein de spontanéité, à l'image de son auteur, ce huis clos nous entraîne bien au-delà de ce qui se cache derrière sa porte. Touchant.

La porte justement. C'est celle du Bristol, célèbre palace parisien, qu'ouvre depuis des années, **Louis**, portier de son métier mais pas que. À force de croiser toutes sortes de gens, il arrive que les destins s'entrecroisent et qu'un pas de côté suffise à tout bousculer. Louis, pour sortir de ce mauvais pas, a préféré être bien chaussé. Mais j'étais à mille lieux de deviner ce qui allait lui arriver… Poignant.

Quatre histoires aux secrets bien gardés, aux destins bien particuliers et aux accents souvent pathétiques. Parfois dramatiques. Quatre histoires fantastiques faisant planer sur l'existence le souffle de la fragilité avant d'en faire basculer l'équilibre. Quatre histoires qui résonnent comme des notes de musique sur la partition des vies de Louis, Alexis, Célia, Germaine, Jean, Lucie, Hannah, Alberto, Héloïse, Clémentine, Isaac et les autres…

23H55. De retour à mon hôtel à Paris, après une journée pas comme les autres avec des gens pas comme les autres, je salue **Frank** le portier, impeccable dans son uniforme mordoré magnifiant sa prestance devant la porte tournante de l'établissement. **Dominique**, la réceptionniste - veilleuse de nuit intermittente, me tend la clé de la chambre N° 137 avec un sourire bienveillant qui pourrait faire d'elle une veilleuse de vie à temps plein. Je traverse le piano bar, percevant les notes de musique que **Rosalie**, la joueuse de blues, égrène de son instrument aux derniers noctambules plongés dans la plénitude du moment. Dans l'ascenseur, je croise une jeune femme, pieds nus, tout de rouge vêtue dans sa robe de soirée tenant à la main de somptueuses chaussures dont les talons sont aussi grands que le sont ma surprise et ma curiosité mises bout à bout. Les portes de l'ascenseur s'ouvrent et laissent filer la belle inconnue. Je n'en saurai pas plus d'elle si ce n'est le galant "bonsoir **Emilie**" que lui adresse Frank lorsqu'il lui ouvre la porte à son passage. Il est minuit. Elle disparait dans la nuit, emportant avec elle son secret éphémère. Reprenant mon pèlerinage ascensoriel jusqu'à mon étage final, je m'apprête à regagner mes pénates, l'esprit encore happé par la soudaineté de cette scène insolite. Arpentant nonchalamment l'interminable couloir feutré qui me ramène à mon nid d'aigle, j'aperçois, malgré la clarté obscure des appliques murales, un objet non identifié posé, à quelques encablures de là, sur un guéridon Napoléon. Il est comme animé de soubresauts, légers et réguliers, et auréolé d'un halo particulier. Plus je m'avance, plus son rythme tachycardique s'affole. Je devine alors un livre dont les quatre lettres thermo-gaufrées sur la couverture battent à l'unisson. E…R…D…F. Je l'ouvre. Tout le monde est là. Dans ce livre d'or. L'histoire ne fait que commencer…À toi, cher lecteur, de fouler le tapis rouge et de tourner les pages qui suivent.

Bonsoir Paris. Tu étais Fantastiques.

Ergé

Hôtel des Anges

Dominique Van Cotthem

Germaine Lediaux était morte d'une fausse route en avalant un morceau de pain perdu. Les causes de sa disparition résumaient à elles seules sa vie d'errance.

Enfant de la DASS, elle était née sous X, appellation que Germaine se plaisait à transformer en « née sous dix ». Sa mère biologique ne lui ayant pas donné de prénom, c'est donc l'infirmière qui la baptisa Germaine Henri (prénoms de ses parents). À quatre ans, elle avait été placée dans une famille d'accueil en banlieue parisienne. En termes de famille, il eût été plus juste de parler de smala, voire de tribu, car le couple chapeautait déjà une fratrie de sept gosses. Une ménopause précoce avait mis fin aux espoirs de nouvelle grossesse, ce qui généra un drame au sein du clan. Obnubilés par les chiffres pairs, les parents ne pouvaient concevoir un total de progénitures indivisible par deux, c'est pourquoi Germaine était venue arrondir la somme à huit. C'était d'ailleurs devenu son nom, Lahuit. Un petit mot gentil, selon eux, qu'elle tentait de digérer avec le sourire. Cependant, à chaque fois qu'ils l'interpellaient : « Lahuit, t'as encore la vaisselle à finir ! Apporte le tabouret, Lahuit ! Fais gaffe, Lahuit, ma main me démange ! », à chaque fois, elle sentait une boule se serrer dans son ventre. Elle ne pouvait s'empêcher de penser à madame Lousberg, celle qu'ils appelaient Lacentmille, une magnifique jeune femme d'une trentaine d'années avec des yeux d'un bleu profond et la silhouette gracile d'une ballerine. Ils se moquaient d'elle, parfois, ils devenaient carrément offensants. Germaine, du haut de ses six ans, ne comprenait pas leurs railleries à l'égard de la si jolie madame Lousberg. Ils s'en prenaient à ses tenues vestimentaires, mimaient sa façon de tirer sur les manches de son gilet qu'elle portait hiver comme été. « T'as vu Lacentmille ? Fait trente degrés et elle a ses manches ! Hihihi, hahaha, Lacentmille cache ses bras ! ». Ils étaient méchants, Germaine s'en rendait compte et elle savait que Lahuit, ce n'était pas un petit mot gentil.

Quand Lahuit eut huit ans, elle fut retirée à sa famille d'accueil à cause de son comportement étrange. En effet, Germaine comptait tout. Les pas entre sa maison et l'école, les marches des escaliers de la butte Montmartre, les voitures en stationnement additionnées à celles en circulation multipliées par quatre, totalisait le nombre de pneus, les gouttes d'eau pour remplir l'évier, les secondes dans une année, les lettres des mots, les phrases d'un livre, tout, tout, tout ! Elle était incapable de lire ou d'écrire, mais elle comptait plus vite que son ombre. De retour au foyer de la DASS, à cause de sa « manie », elle devint définitivement Germaine Lahuit. Personne n'avait envie d'investir de l'énergie à soigner Germaine de ses « troubles mentaux », ni les éducateurs de la DASS, ni une potentielle famille. Elle dut attendre sept ans avant d'être adoptée par un couple de quinquagénaires en mal d'enfant. Deux braves personnes dont les maigres revenus de gardiens d'immeuble incitaient les responsables d'adoption à repousser le dossier chaque année en dessous de la pile. Pour le couple, Germaine, malgré ses quinze ans, était l'enfant de la dernière chance. Pour elle, les Bardinet étaient des parents inespérés. Dans la loge de 42 m^2, Germaine Bardinet découvrit la caresse des mots : ma chérie, ma douce, mon adorable. Quand son prénom sortait de la bouche de sa mère, il lui soufflait un amour tel que dans les premiers temps, à chaque fois, elle se mettait à pleurer. Germaine se réconciliait un peu avec les lettres, même si les chiffres continuaient de la hanter : Germaine Bardinet : 16 lettres, 1 G, 3 E, 2 R, 1 M, 2 A, 2 I, 1 B, 2 N, 1 D et 1 T.

Quand monsieur Bardinet fut emporté par une mauvaise grippe, quatre ans plus tard, le bonheur de Germaine s'effilocha peu à peu, tout comme la mémoire de sa mère. Le décès de son mari rendait celle-ci inconsolable. Elle montrait des signes d'oubli de plus en plus inquiétants. Le médecin finit par diagnostiquer une maladie d'Alzheimer foudroyante. En moins d'un an, la pauvre femme ne distinguait plus le jour de la nuit, elle mangeait les croquettes du chat, refusait de se laver, portait les vêtements de son mari, mais surtout, elle appelait sa fille « mademoiselle » ! Germaine avait beau lui répéter son nom des milliers de fois, il n'évoquait plus rien dans l'esprit de madame Bardinet, rongé par la maladie. Germaine était devenue une étrangère dont sa mère avait peur parfois quand elle la voyait « fouiller » dans ses affaires. Elle finit par la placer dans une institution spécialisée. C'est là qu'elle rencontra Ferdinand Lediaux. Une tante éloignée partageait sa chambre avec madame Bardinet. Ferdinand, agriculteur en Corrèze, était un homme bien bâti, solide, un peu rustre, mais gentil. La quarantaine affirmée, il recherchait une compagne bien bâtie, solide, pas chochotte, mais gentille pour fonder une famille. Les vingt ans de Germaine, imprimés sur son visage plutôt joli, avec de grands yeux noisette, une bouche en cœur, donnèrent à Ferdinand l'audace de se lancer. Il sentait qu'en argumentant un maximum sa demande, elle accepterait peut-être de devenir sa femme. Et des arguments, il en avait !

— 200 hectares de terres cultivées.

— 259 tonnes de céréales récoltées chaque année.

— 17 vaches.

— 22 poules.

— 8 canards.

— 283 m^2 de surface habitable dans la maison, répartis sur 3 étages.

— 1 tracteur dernier cri.

Tous ces chiffres se mirent à danser dans la tête de Germaine. Elle les additionna : 793. Elle dut ajouter 1 chien et 5 chats qu'il avait oubliés sur sa liste : 799.

Quel chiffre magnifique ! Germaine en avait les larmes aux yeux. Elle le prononçait joyeusement, visualisait l'angle du 7, les courbes des 9. Une revanche s'offrait à elle, car elle pensait à sa famille d'accueil et leur phobie des nombres impairs. 7,9,9, pas de pair, pas de huit ! Plus jamais de Germaine Lahuit !

Elle répondit « oui », sans hésiter.

L'idée de quitter Paris pour aller vivre en Corrèze enchantait Germaine à un point inimaginable, surtout depuis que Ferdinand lui avait révélé le nom de son village : Millevaches ! Sans le savoir, l'agriculteur cumulait les atouts. Ils se marièrent sans tarder, un été de 1975, avant la moisson du blé et après la mise en jachère des parcelles Est.

Germaine s'occupait de la grande maison, labourait les champs, récoltait les céréales, nourrissait les animaux et son mari, avec une joie éternellement collée aux lèvres. Ferdinand n'était pas un homme de mots, comme elle, il aimait les chiffres, leurs conversations ressemblaient à un bilan comptable rempli de tendresse. Elle ne pouvait être plus heureuse. Pourtant, le bonheur n'avait pas encore atteint son apogée. Il prit des proportions gigantesques quand Germaine donna naissance à leur fils. Jean, prénom du défunt père de Ferdinand, vint illuminer la ferme d'un rayon de joie. Quand elle serrait son petit contre sa poitrine, le cœur de Germaine s'emballait au point qu'elle n'arrivait plus à en dénombrer les battements. Une émotion presque divine s'emparait de son esprit. Les additions se brouillaient, les soustractions se décomposaient, la division devenait inconcevable tandis que la multiplication lui donnait le vertige. Elle finit par compter de moins en moins. Dans son cœur tout neuf, l'amour était impossible à chiffrer.

Les années s'écoulèrent sans heurt, jusqu'en 2013 quand Ferdinand succomba à une crise cardiaque à l'âge de 80 ans. Germaine et son fils poursuivirent le travail d'exploitation de la ferme en tentant de maintenir un minimum de rentabilité malgré un contexte économique difficile pour les agriculteurs. Plus rien n'était pareil, mais ils n'en parlaient pas. Avec son fils aussi, elle était économe de mots. Le temps filait au rythme des moissons, puis vint ce jour de janvier 2020, où Germaine Henri, 65 ans, devenue successivement Germaine Lahuit, Germaine Bardinet et enfin Germaine Lediaux, mourut d'une fausse route en avalant un morceau de pain perdu.

Jean Lediaux se retrouva à la tête d'une ferme inexploitable à lui tout seul, un découvert bancaire plutôt alarmant et des restrictions sur le prix du lait à faire rougir le pis des vaches. Il avait commencé par se séparer des animaux pour se consacrer exclusivement aux parcelles agricoles. Il travaillait comme un forcené, équilibrait minutieusement son budget en jonglant avec les dépenses et les entrées. Il chiffrait les économies possibles sur l'électricité, les engrais, l'eau. Il délaissa les machines à moteur au profit des machines mécaniques. Malheureusement, le prix du kilo de blé ne couvrait plus le prix de revient et il ne pouvait grappiller davantage sur le coût de production. La mort dans l'âme, il décida de vendre, il n'avait plus le choix. Quitter la ferme représentait une terrible souffrance, sa vie entière s'était inscrite dans les murs, mais s'il ne réagissait pas rapidement, on lui saisirait ses biens et il en retirerait une misère.

Il eut beaucoup de chance. Deux jeunes couples toulousains, écolos jusqu'au bout des ongles, tombèrent sous le charme du village de Millevaches et eurent un véritable coup de cœur pour la ferme des Lediaux. Ils rêvaient depuis longtemps de créer une exploitation biologique dans un écrin de verdure, au calme, loin des turpitudes citadines. L'endroit réunissait tous leurs critères. Ils proposèrent une somme beaucoup plus élevée que ne l'espérait Jean, la seule condition était qu'il parte au plus vite afin de pouvoir semer et obtenir une première récolte l'année même. Jean se pressa donc de vider les lieux. Il rassembla les quelques objets qui décoraient le salon, deux ou trois tableaux accrochés dans la cage d'escalier. Il proposa aux nouveaux propriétaires de garder une partie du mobilier. Il restait une seule pièce à vider. Il avait reporté la tâche de jour en jour, car pour lui, s'occuper des effets de sa mère représentait une sorte de violation. Mais le moment était venu de pousser la porte de la chambre de Germaine, ce cocon douillet où, gamin, il venait se réfugier les soirs d'orage. Assis sur le lit, le cœur comprimé par le chagrin, il hésitait à tout laisser en l'état. Sa conscience martelait le souvenir de cette femme si aimante, si présente. Elle avait su le remplir sans jamais rien demander en retour. Il avait reçu beaucoup, vraiment beaucoup. Et lui, qu'avait-il donné ? À cet instant précis, où les vêtements de sa mère suspendus à des cintres lui racontaient l'histoire de son enfance, il comprit que d'elle, il ne savait rien. Elle avait caché au fond de ses poches la petite fille qu'elle avait été et la femme qu'elle était devenue. Jean se retrouvait également orphelin d'un passé. Dans son esprit d'enfant comblé, les origines de sa mère remontaient au moment de son ventre arrondi, berceau où le petit Jean nageait dans l'eau douce de son amour. Auparavant, il n'y avait rien et ce rien aujourd'hui devenait une existence enfouie sous une pierre tombale. L'insoutenable silence des réponses aux questions que l'on se pose trop tard. Cette prise de conscience le bouleversait. Son hésitation en entrant dans la chambre fit place à une certitude : il ne pouvait abandonner l'intimité de Germaine Lediaux à des inconnus. Il entreprit de rassembler les effets de sa mère dans des cartons.

Le 22 février 2020, vers 23 heures, Jean ouvrit le troisième tiroir de la grosse commode en sapin. Et sa vie bascula.

Le TGV trace son chemin à travers un rideau de pluie. Il file en direction de Paris. C'est la première fois que Jean se rend dans la capitale. C'est également la première fois qu'il quitte sa Corrèze natale malgré ses quarante-deux ans. Il lit encore et encore l'adresse de maître Abbas, il veut être certain de la connaître par cœur quand il prendra le taxi. Il a enfilé son costume, celui du mariage de son cousin Grégoire. Il est aussi passé chez le coiffeur, sa tignasse crépue dénotait avec les beaux habits. Et puis, c'est sa mère qu'il va représenter chez le notaire parisien, il tient beaucoup à lui faire honneur. Jean n'est pas à l'aise, la ville, il ne connaît pas. Il ne connaît pas non plus les codes de langage à utiliser devant un érudit. Ce qu'il s'apprête à vivre l'angoisse, pourtant, quand il a découvert les documents dans le tiroir de la commode en sapin, Jean n'a pas hésité une seconde. Les six courriers ouverts, et sans doute dépliés à de nombreuses reprises vu l'état du papier, l'intriguaient. Si le cachet de la poste et la date en début de chaque pli permettaient la chronologie des envois, le contenu restait un mystère des plus absolus.

Paris, le 22 mai 2018

Madame Lediaux,
Vous êtes invitée à vous présenter en mon étude ce 14 juin 2018 à 14h30 afin d'assister à la lecture du testament de Madame Hannah Lousberg.
Si vous êtes dans l'impossibilité de venir, veuillez prendre contact avec le secrétariat.
Cordialement,
Maître Abbas

Paris, le 14 juin 2018

Madame Lediaux,
Sans réponse de votre part à mon courrier du 19 mai 2018, nous avons procédé, comme la loi le prévoit, à la lecture du testament de Madame Hannah Lousberg en présence de ses enfants.
Pourriez-vous prendre contact avec le secrétariat s'il vous plaît ?
Cordialement,
Maître Abbas

Paris, le 24 septembre 2018

Madame Lediaux,
Il est impératif que vous répondiez à ce courrier, car sans nouvelles de votre part, je ne peux clôturer le testament de Madame Hannah Lousberg.
Votre dévoué,
Maître Abbas

Paris, le 14 décembre 2018

Madame Lediaux,
Je vous prie instamment de prendre contact avec moi.
Bien à vous,
Maître Abbas

Paris, le 22 février 2019

Madame Lediaux,
Ceci sera mon ultime courrier. Après maintes vérifications, il s'avère que votre adresse est correcte et que mes précédentes missives vous sont bien parvenues. En conséquence, je vous demande une dernière fois de me répondre. Sachez que vous n'avez rien à craindre des dernières volontés de Madame Hannah Lousberg, au contraire.
Pour ma part, et vu l'insistance de ma cliente lors de la rédaction de son testament, il m'importe de satisfaire aux promesses que je lui ai formulées.
Une dernière fois, je vous en prie, répondez à ma lettre.
Votre silence me désole.
Avec toute ma sympathie,
Maître Abbas

Jean connaît parfaitement les raisons pour lesquelles sa mère n'a pas répondu au notaire, mais il ne comprend pas pourquoi elle ne lui a pas demandé de lui lire les lettres. Il ne comprend pas non plus pourquoi elle les a cachées sous une pile de linge.

Avait-elle su déchiffrer des mots ? Des phrases ? Un nom ?

Plus il se rapproche de Paris, plus les questions le tourmentent. Qui est cette Hannah Lousberg ? Comment une Parisienne peut-elle connaître sa mère ? Jusqu'ici, il avait toujours pensé qu'elle était née en Corrèze, que comme lui, elle n'avait jamais posé le pied en dehors de Millevaches. Jusqu'ici, il trouvait naturel d'échanger dans un vocabulaire restreint à l'essentiel parce que sa mère était là, aimante et prévisible. Jusqu'ici, quatre mots suffisaient à son bonheur ; « Je t'aime, mon fils ». Ils rassemblaient l'entièreté d'une femme dont la vie, selon lui, avait commencé le jour où elle était devenue mère. Avant, il n'y avait rien puisque lui, Jean Lediaux, l'enfant chéri, n'existait pas.

Il lut une fois encore les courriers : *Votre silence me désole.*

Une émotion soudaine lui serra la gorge. Le silence de Germaine le désolait lui aussi. Terriblement. Il devait apprendre à vivre sans les « je t'aime, mon fils » de sa mère, cela égratignait son enfance. Cela faisait de lui un début d'homme.

Une larme mouille le dos de sa main. Jean oublie le TGV, Paris, la ferme vendue, sa profession perdue. Seul compte à présent le rendez-vous rue de la Pépinière en l'étude de maître Abbas où une inconnue du nom d'Hannah Lousberg se propose de lui parler de Germaine, cette autre inconnue dont il ignore tout avant qu'elle ne devienne Germaine Lediaux.

— Monsieur Lediaux, puisque vous êtes l'unique héritier de votre défunte mère, l'ensemble de ses biens vous revient de plein droit. Étant entendu que le leg de ma cliente entre en totalité dans les avoirs de votre héritage, je vais maintenant procéder à la lecture du testament de madame Hannah Lousberg, comme la loi m'y oblige. Sachez toutefois combien je suis heureux de pouvoir enfin exaucer les dernières volontés de ma cliente.

Il se racle la gorge discrètement. La page du dossier tremble entre ses doigts.

— Moi, Hannah Lousberg, saine de corps et d'esprit, lègue à madame Germaine Lediaux le bien suivant :

Un immeuble dit « Hôtel des Anges », situé 110, rue Lepic dans le 18e arrondissement de Paris. Je charge mes enfants de faciliter l'accès à la propriété et de fournir à Germaine Lediaux tous les renseignements utiles et complémentaires si elle en formulait la demande. L'historique de propriété, agrémenté d'annotations personnelles, sera remis au bénéficiaire à la signature des actes.

Abasourdi, Jean ne peut tenir en place. Il tourne en rond dans le bureau, incapable de prononcer un seul mot.

— Ça va, monsieur Lediaux ? Vous voulez un verre d'eau ?

— Un hôtel à Paris ? Vous êtes en train de me dire que je suis propriétaire d'un hôtel à Paris ?

— Exactement, monsieur Lediaux. Félicitations !

— Mais que voulez-vous que je fasse d'un hôtel ? Je suis agriculteur, j'y connais rien aux histoires d'hôtel et ma mère non plus elle y connaissait rien là-dedans.

— Attendez, monsieur Lediaux, il y a un détail dont je ne vous ai pas encore parlé et croyez-moi, il a son importance.

— Un détail maintenant ? C'est quoi ce détail ?

— Asseyez-vous, monsieur Lediaux, une mise au point me semble nécessaire. Je vais tenter de clarifier mes explications. Les mains jointes sous son nez, il aspire profondément et se lance dans un exposé succinct. L'hôtel des Anges n'est pas, à proprement parler, un hôtel. Il s'agit plutôt d'une partie d'immeuble de caractère modeste et pour être franc, j'ajouterais très modeste. Il se compose d'un seul et unique rez-de-chaussée situé entre deux immeubles de six étages. La superficie totale du bien est de 40 m^2.

— Y a un truc que je comprends pas. Pourquoi vous dites un hôtel si ça fait seulement 40 m^2 ? Je suis un gars de la campagne, monsieur, c'est vrai, mais même en Corrèze on sait à quoi ça ressemble un hôtel. Faut pas chipoter avec les mots, alors de quoi vous me parlez au juste ?

— L'appellation vient de madame Lousberg, elle pouvait se montrer originale. Bref, sachez qu'actuellement, comme nous étions sans nouvelles de votre mère et dans la perspective de ne pas laisser le bien inoccupé, la famille Lousberg le loue via la plateforme Airbnb. Naturellement, les bénéfices engendrés grâce aux revenus locatifs ont été versés sur un compte qui fait partie de votre héritage. Et puisque nous étions avertis de votre visite, nous avons veillé à n'accepter aucune réservation. L'appartement est donc à votre disposition.

— Au final, si je vous suis bien, « l'hôtel » c'est un cagibi loué à des touristes qu'ont pas les moyens de se payer un vrai hôtel ? Je me disais aussi qu'il devait y avoir un truc louche.

— Actuellement, c'est un peu cela, oui, mais croyez-moi, il n'y a rien de louche là-dedans. Il va de soi que vous en ferez ce que vous voudrez. À Paris, un 40 m² représente une belle surface habitable, si vous décidez de vendre, vous pourrez en tirer une coquette somme.

— Ben, je sais pas moi, faut que je réfléchisse.

— À moins que vous ne préfériez poursuivre le long travail de madame Lousberg ?

— Hein ???

— Tenez, elle a aussi laissé ceci. Vous trouverez à l'intérieur tout ce que vous devez savoir sur l'appartement dit « Hôtel des Anges ».

Il pose devant lui une épaisse enveloppe sur laquelle l'écriture régulière d'Hannah Lousberg a tracé : Pour Germaine Lediaux.

Jean quitte l'étude de maître Abbas d'un pas pressé. Sa maigre valise pèse à présent le poids d'un énorme mystère. Il ignore dans quelle direction orienter sa nouvelle vie. Si l'argent n'est pas un problème grâce à la vente de la ferme, il n'arrive plus à se situer sur la carte de l'existence. Dans le flux de la circulation, il voit défiler les années paisibles où ses parents l'avaient mis à l'abri de l'errance. Aujourd'hui, l'agriculteur sans emploi, perdu entre les branches d'une ville en forme d'étoile, ne connaît ni le chemin ni la destination. Son futur, devenu aussi ténébreux que le passé de sa mère, le tétanise. Il s'immobilise soudain au milieu du trottoir, le regard confondu dans ses pensées. Il ne sait rien de l'avenir, c'est vrai, mais il a un endroit où aller.

Il lève le bras, un taxi s'arrête à sa hauteur.
— 110, rue Lepic !

La façade, négligée depuis des années à en juger par sa couleur terne et les éclats dans la pierre, relate une histoire. Celle de Jean-Baptiste Clément. Une plaque gravée indique qu'ici a vécu le poète, immortel auteur du « Temps des cerises ». La chanson s'invite dans les pensées de Jean : *Quand nous chanterons le temps des cerises, et gai rossignol et merle moqueur seront tous en fête...* Étrange qu'un poète eût envie d'écrire la nature au cœur de la ville. Depuis son arrivée, Jean se retient de respirer dans un mouchoir tant l'air pèse dans ses poumons. Il ne comprend pas comment on peut survivre en inhalant autant de pollution. Il compose le code d'entrée, la porte s'ouvre après un déclic. Un long couloir traverse un immeuble, il débouche sur une courette où le soleil n'a aucune chance de verser ses rayons. Sur la gauche, un petit bâtiment fondu dans le gris des pavés passe presque inaperçu. C'est un cube sans prétention, tombé là comme un dé sur un tapis de jeu. Jean hésite à glisser la clé dans la serrure, il ne se sent pas encore chez lui à l'Hôtel des Anges. Un bruit de pas dans l'escalier précipite sa décision. Il entre. La décoration, de bon goût, se veut résolument neutre : murs et meubles blancs, canapé beige, trois coussins vert olive, quelques accessoires assortis. Une cuisine contemporaine, réduite à l'essentiel, s'adosse à la salle d'eau, impeccablement blanche elle aussi. L'agencement bien conçu fait oublier l'exiguïté de l'appartement. Jean pose sa valise. Le matin, en quittant Millevaches, il était loin d'imaginer ce qui l'attendait à Paris. Quelques jours avant son départ, il avait réservé une chambre dans un hôtel près de la gare. Quatre nuits, le temps de visiter la capitale, celui de réfléchir à la suite. Il choisit d'annuler sa réservation de vive voix, alors, il s'y rend à pied, en profitera pour aller manger un plat du jour dans petit restaurant. Le matin, en quittant Millevaches, il était loin d'imaginer qu'il se réjouirait de s'enfermer dans un minuscule appartement pour y lire les centaines de pages griffonnées par Hannah Lousberg.

*

À trois heures du matin, Jean dépose le lourd dossier sur la table basse. Ses yeux sont gonflés. Décidément, en quittant Millevaches, il était loin d'imaginer ce qui l'attendait à Paris !

Il est bien court le temps des cerises... et pour Jean, à présent, ces cerisiers d'amour deviennent son projet de culture. Il veut brasser les fruits récoltés aux arbres qu'Hannah Lousberg a plantés en 1942. Hier encore, il ignorait dans quel sens orienter sa vie, aujourd'hui, il a une vision nette du chemin à prendre. Deux femmes lui tendent la main, elles l'aspirent vers un passé où des histoires s'entremêlent à l'Histoire, où des lettres remplacent les chiffres.

Qu'importe les modalités et les aléas, une dernière larme rince les doutes. Jean Lediaux, décide de s'installer au 110, rue Lepic. Il contemple l'horizon non pas par la fenêtre, mais entre les lignes écrites par Hannah. Le paysage qu'il découvre s'étend bien au-delà de sa campagne corrézienne, son regard se perd sur l'infini. Un Nouveau Monde lui saute aux yeux, une terre peuplée d'horreurs et de merveilles.

— Étude de maître Abbas, Amélie Jurdan, bonjour.

— Maître Abbas, je dois absolument parler aux enfants d'Hannah. Où puis-je les contacter ?

Jean, l'oreille collée à son portable, ne prend pas la peine de se présenter ni d'argumenter sa demande. Son empressement le rend fébrile, à la limite de la grossièreté.

— Maître Abbas est en réunion, à qui ai-je l'honneur ?

La voix assurée de la clerc ne laisse transparaître aucun signe d'indignation, néanmoins, elle ajuste son timbre dans les aigus.

— Je suis Jean Lediaux, votre patron m'a dit que je pouvais l'appeler si j'avais des questions. Alors voilà, j'appelle.

— Malheureusement, il m'est impossible de vous transférer, monsieur Lediaux. Voulez-vous laisser un message ?

— Non, pas de message. Mais vous pouvez peut-être m'aider ? J'ai besoin du numéro de téléphone des enfants d'Hannah Lousberg.

— Ah, oui, je vois, sa surprise plane quelques secondes dans le silence, vous êtes monsieur Lediaux, l'héritier de madame Lousberg ?

— C'est ce que je viens de vous dire ! Et je voudrais téléphoner à ses enfants.

— Je vois.

Très mal à l'aise, la clerc se retranche derrière un « vous permettez » presque inaudible.

Une musique d'ascenseur interrompt les échanges un court instant.

— Maître Abbas vient à peine de terminer sa réunion, je vous le passe, monsieur Lediaux.

Jean ne relève pas le malaise, ses pensées se concentrent sur son projet de rencontre.

— Ma collaboratrice m'informe que vous souhaitez entrer en contact avec les enfants de ma cliente. Je ne peux, hélas, vous transmettre leur numéro sans leur accord, vous devez comprendre. De plus, ils ne résident pas en France. Je vais voir ce qu'il est possible de faire et je reviendrai vers vous.

— C'est important et surtout, c'est urgent !

— Au pire, vous les rencontrerez d'ici deux semaines lors de la signature des actes, ils tiennent à être présents.

— Je pourrai pas attendre deux semaines ! Savez-vous si Hannah leur a laissé une enveloppe comme la mienne ?

— Monsieur Lediaux, en ma qualité d'homme assermenté, je ne puis répondre à cette question. Tout ce que je peux vous dire c'est que la situation n'est pas simple pour eux. Comprenez-les, votre mère et vous-même êtes, à leurs yeux, de parfaits inconnus.

— Qui a vidé l'appartement après le décès d'Hannah ? Vous pouvez me le dire ça ?

— Sa fille, c'est elle aussi qui a refait la décoration. Je puis vous assurer qu'avant les travaux l'appartement n'était pas loin de l'insalubrité. Vous devez une fière chandelle aux deux enfants de madame Lousberg, ils ont financé la rénovation sur leurs fonds propres. Cela a permis à votre capital de fructifier, je dois le souligner.

Indifférent aux explications du notaire, Jean poursuit son raisonnement.

— Qu'ont-ils fait du contenu ?

— Je n'en ai aucune idée, ils ont probablement tout jeté. Croyez-moi, je me suis rendu sur place pour procéder à une expertise, il n'y avait là que des vieilleries, je vous l'assure. Il ajuste sa voix par un léger toussotement. Puisque je vous ai au téléphone, j'aimerais vous demander si vous avez réfléchi à la destination de votre bien. Comptez-vous le conserver ou le vendre ? Sachez que dans ce deuxième cas, j'ai un amateur.

— Pas question de vendre ! Jamais !

— Enfin, réfléchissez...

— C'est tout réfléchi !

— Même si on vous propose une somme équivalente au double de sa valeur ?

— Je m'en fiche de l'argent ! J'en ferais quoi de tout ce pognon ?

— Je vais être franc avec vous, monsieur Lediaux. La fille de madame Lousberg tient beaucoup à conserver l'appartement, elle est prête à négocier. Votre prix sera le sien.

— J'en veux pas de son fric !

— Réfléchissez-y quand même. Madame vit en Belgique, elle a besoin d'un pied-à-terre à Paris et il va de soi que votre appartement a pour elle une énorme valeur sentimentale.

— Un pied-à-terre ? Y a plus de pied-à-terre, je vends pas !

Jean regarde défiler dans sa tête les images de ce qu'il a perdu : ses parents, sa ferme, ses bêtes, sa Corrèze. Il a tout perdu. Il se remémore un passé proche comme un hier, se revoit, déboussolé, au milieu d'un champ de mines où ses repères explosent un à un. C'est sans conteste ce chaos qui lui a donné le courage de venir à Paris. C'est tellement plus facile de tout lâcher quand il n'y a plus rien à perdre. Il pensait ne jamais remonter vers la lumière d'un but à atteindre. Et pourtant, des mots auront suffi à le rendre à la vie. Aujourd'hui, Jean s'oriente au cœur d'un paysage urbain où le soleil se couche dans une dentelle d'acier. Il ne laissera à personne la possibilité de lui enlever sa nouvelle raison de vivre. Serait-ce en échange de tout l'or du monde. Les enfants d'Hannah ignorent le passé de leur mère, c'est évident, sans quoi, ils n'envisageraient pas de transformer l'Hôtel des Anges en pied-à-terre.

Hannah et Germaine ont un point commun fort, il justifie le choix d'Hannah. Jean décide de ne rien expliquer, ses enfants ne comprendraient pas.

Manifestement, l'argent occupe un rôle important dans les rapports qu'ils entretiennent avec la société et la beauté d'âme d'Hannah gravite si loin des comptes bancaires. Jean veut lui témoigner sa reconnaissance, car cette femme lui a légué le bien le plus précieux : elle lui a révélé qui était sa mère, son enfance, sa jeunesse, les balafres dans sa vie. Dans l'ombre, elle a suivi le parcours de la petite Germaine Henri que sa famille d'accueil appelait Lahuit. L'aurait-elle fait s'ils ne lui avaient donné ce nom ? Peut-être pas. Lacentmille voulait venir en aide à Lahuit, car Hannah était la mémoire perdue des enfants malmenés. Dans son Hôtel des Anges, elle a réparé les dégâts causés par la cruauté. Jean ne pourra jamais se séparer d'un lieu où l'on a rendu de la dignité aux oubliés.

Durant les deux semaines qui précèdent la signature des actes et donc la rencontre avec les enfants d'Hannah, Jean passe le plus clair de son temps sur son ordinateur ou aux archives nationales. Lui qui détestait lire, avale à présent des tonnes de pages sans réussir à étancher sa soif de connaissances. Il se souvient des conseils de sa mère : apprends à lire mon fils, applique-toi à écrire, c'est le secret du bonheur. Regarde autour de toi, les paysages de nos campagnes, les couleurs de la nature, l'envol des oies sauvages. Ces images éphémères ne peuvent se capturer dans un objectif, il y a tant de profondeur, de nuances éclatantes, tant de bruissements d'âme. Respire le parfum de la pluie, sens la caresse de la brise sur ta peau. Toutes ces perceptions ne s'impriment pas sur une photographie. Si tu veux conserver la vérité de ce que tu vois au plus près de tes souvenirs, il faut l'écrire. Apprends à lire mon fils, applique-toi à écrire, c'est le secret du bonheur.

Les jours filent à une allure impressionnante. Jean se soucie peu des regards obliques sur ses pantalons suspendus à des bretelles lignées, son anorak en manque de bouton, sa casquette en velours à grosses côtes. Il évolue dans Paris en oubliant de respirer dans son mouchoir. Sitôt la porte de l'appartement refermée, il se sent chez lui. Un primeur au coin de la rue lui vend des légumes trop propres, le boucher découpe des tranches de gigot trop rouge, la boulangère lui sourit devant des pains jamais trop cuits. Son estomac s'habitue à cette nourriture à l'aspect impeccable.

Les jours filent et Jean aurait presque oublié son rendez-vous chez le notaire si celui-ci ne lui avait téléphoné pour le lui rappeler. Le costume du mariage de Grégoire lui redonne fière allure. Face au miroir, il prend la décision de s'offrir de nouveaux vêtements. Il ne peut plus continuer à s'habiller à la façon d'autrefois. Finalement, cela ne lui déplaît pas de devenir élégant. À bien y regarder, il se trouve plutôt bel homme, le corps harmonieux, du muscle en couche épaisse sous la peau, le crâne épargné par la calvitie. La quarantaine a effacé les marques ingrates de son adolescence. Des rides sculptent sa maturité, il s'amuse à creuser celle qui lui barre le front en soulevant les sourcils. Demain il s'offrira un chapeau comme celui d'Humphrey Bogart.

*

La fille d'Hannah se tient en retrait non loin de la porte du bureau. Ses mains trahissent sa nervosité. Jean la salue à la hâte, il lui adresse un regard furtif sans la voir. Il n'a aucune envie de négocier avec elle. Une riche bourgeoise en quête de pied-à-terre à Paris ne mérite pas qu'on perdre son temps en justifications. Son frère n'a finalement pas souhaité entreprendre le voyage depuis les États-Unis. Elle est un peu déçue, cela fait plus d'un an qu'elle ne l'a pas serré dans ses bras, mais elle a l'habitude. C'est toujours comme cela avec lui, la famille passe après ses affaires.

Les formalités administratives réglées, maître Abbas remet à Jean l'acte de propriété et quelques vagues félicitations. L'œil discrètement perdu en direction de la porte, il revient sur le souhait de sa cliente.

— Avez-vous réfléchi à la proposition de mademoiselle Lucie Lousberg ?

Jean se redresse, surpris par le prénom de la fille d'Hannah. Il ne s'attendait pas à un prénom si doux. Il chante à ses oreilles. Lucie. Lumière. Il se dit que c'est la première fois qu'il rencontre une Lucie. Il se retourne, curieux de mettre un visage sur Lucie et le visage de Lucie ressemble à son prénom.

— Monsieur Lediaux, pardon d'insister, mais avez-vous réfléchi à notre proposition ?

— Je ne reviendrai pas sur ma décision. Je suis désolé, mademoiselle.

Un moment de grand silence s'installe entre eux. Personne n'ose prendre la parole. Le timbre de Jean était sans appel et le notaire déteste mendier.

— Vous devez avoir vos raisons, monsieur. Elles m'échappent, car nous ne savons rien de vous ni de votre famille. J'imagine que si vous refusez de me vendre l'appartement de ma mère, c'est que vous estimez qu'il vous est dû plus qu'à moi. Je m'incline.

Cela m'est très douloureux, mais je n'ai pas le choix puisque vous ne voulez même pas entendre mes arguments. Si un jour vous changez d'avis, s'il vous plaît, faites-le-moi savoir.

Lucie Lousberg salue Jean et le notaire d'une poignée de main rapide. Elle quitte l'étude sans bruit. Seul un léger courant d'air balaie le visage des deux hommes. Lucie s'est envolée.

Jean caresse sa main, il voudrait palper la chaleur de Lucie. Il s'étonne de ne plus râper le bout de ses doigts sur de gros cals. Là où les crevasses fendillaient la chair, une peau neuve s'étend jusqu'au poignet et ses ongles ne cachent plus, derrière leur fenêtre, un peu de terre corrézienne. L'ancien métier de Jean a fini de s'inscrire dans ses paumes. Il ne sait pas s'il le regrette en découvrant ses nouvelles mains.

Dans la rue, ses pensées poursuivent un long trajet de questionnement. Il les évite, se rassure avec quelques certitudes. L'acte de propriété en poche, il s'accroche à un projet surgi la nuit. Une idée folle à laquelle il souhaite donner une chance de se concrétiser.

— Jean ! Jean Lediaux !

De l'autre côté du trottoir, Lucie agite les bras au-dessus de sa tête.

— Attendez-moi, je vous en prie, je voudrais vous parler.

Il acquiesce, dans un réflexe de politesse, un peu intrigué par son insistance. Il n'a aucune envie de lui parler.

— Acceptez-vous de prendre un café avec moi, monsieur Lediaux ?

Le mouvement de recul de Jean la fait presque sourire.

— Je vous promets de ne pas tenter de vous faire revenir sur votre décision, le rassure-t-elle, mais j'aimerais comprendre. Il y a tant de zones d'ombres dans la vie de ma mère.

— Je l'ai pas connue moi, votre mère. Que voulez-vous que je vous dise ?

— Peut-être savez-vous pourquoi elle a tenu à conserver son nom après le mariage ? Pourquoi mon frère et moi nous sommes appelés Lousberg et pas Feld, comme mon père ?

— Écoutez, je comprends que c'est difficile quand on sait pas. Ma mère, elle racontait rien sur son passé elle non plus. Seulement, je vois pas comment je peux vous aider.

Plus il la regarde, plus Jean perçoit un halo mystérieux, il glisse sur les contours de Lucie. Une sorte d'aura. Lucie, lumière. Cela le trouble. L'immense tristesse à peine dissimulée dans ses pupilles la rend fragile. Cela le trouble. Il ne voit plus le sac à main hors de prix, le manteau en cachemire, le foulard griffé. Il voit une jeune femme éduquée à maîtriser ses émotions. Une petite fille sensible. Cela le trouble.

— Je suis certaine qu'en cherchant un peu, en unissant nos brèves connaissances à nos souvenirs, nous arriverons à trouver des réponses. Au moins une ou deux et cela sera déjà beaucoup.

Ils oublient le trottoir, le ballet des voitures, la bruine qui perle sur leurs épaules. Les passants les contournent. Lucie ne quitte pas Jean des yeux. Elle ne voit plus le costume démodé, l'imperméable aux manches trop courtes, les godillots cirés à outrance. Il ne baisse plus les paupières quand elle lui parle, elle découvre ses failles. Elle sait maintenant que Jean n'est pas là par cupidité. Cela la trouble.

— Dites-moi, s'il vous plaît, pourquoi ma mère a donné l'appartement à votre mère. Elle y était si attachée. C'est important pour moi, j'ai besoin de savoir. Vous ignorez certainement une multitude de détails, mais je ne peux pas croire que vous ne savez pas pourquoi vous êtes ici aujourd'hui. Je ne peux pas imaginer un instant que vous ne sachiez rien. On sait toujours quelque chose et voyez-vous, ce « quelque chose », si infime soit-il, c'est tout pour moi. C'est l'histoire de ma mère.

Il est déstabilisé. La voix de Lucie agite les battements de son cœur. Ses clôtures cèdent.

— Je ne peux pas tout vous expliquer, mais faut que vous voyiez un truc. Venez avec moi, je vais vous le montrer « ce quelque chose ».

Très chère Germaine,

Vous n'aimez pas lire, je le sais, croyez bien que j'ai mesuré les mots, mais je ne puis formuler une demande sans une explication. Je me dois de vous parler un peu de moi afin que vous puissiez comprendre. Pardonnez-moi dès lors cette longue lettre.

Je suis arrivée à Drancy, le 17 juillet 1942, j'avais douze ans. Nous avions été arrêtés le matin, mes parents, mes deux petits frères et moi. Dans l'autobus, ma mère nous racontait des histoires, comme elle le faisait le soir pour nous endormir. Elle savait ce qui nous attendait, mais elle nous cachait au mieux son angoisse. Elie avait six ans et Josh, quatre. Nous étions entassés dans le bus, mes frères sur les genoux de mon père et moi, sur ceux de ma mère. Nous étions contents de ne pas être séparés. Je me souviens des visages graves et des yeux vides des gens. Je me souviens avoir pensé : pourquoi ont-ils tous les yeux vides ? J'ai compris plus tard que cette béance était le gouffre de la peur. Ce regard-là, je l'ai croisé des dizaines de milliers de fois et je n'avais pas besoin de miroir pour savoir qu'il me défigurait moi aussi.

Dès notre arrivée, nous avons été séparés. Mon père et mon frère Elie ont rejoint le groupe des hommes. Nous nous sommes embrassés à la hâte, mais fort. Je peux encore sentir le baiser de mon père sur ma joue. Je ne les ai plus jamais revus. Ma mère et moi avons rejoint le groupe des femmes. Elle serrait Josh contre sa poitrine, elle lui demandait de ne pas bouger : « Ne bouge pas mon petit. Il y a trop de monde, tu ne peux pas marcher, tu risquerais de te perdre. Ne bouge pas Josh ». Josh a fini par ne plus bouger.

Nous avons été déportés à Auschwitz le 5 août de la même année. En train, dans un convoi à bestiaux. Ma mère et Josh ont été dirigés vers la file de droite, celle des femmes, et moi, à gauche, dans celle des enfants. Je me suis accrochée à ma mère, j'ai crié. Elle a déposé un baiser sur ma tête : « Je t'aime Hannah, nous nous reverrons plus tard. Je t'aime Hannah ». Et je ne les ai jamais revus. Ils ont été gazés le jour même.

On m'a emmenée à l'infirmerie. Nous étions nombreuses, plusieurs centaines, uniquement de jeunes filles. Une longue file d'innocence. On nous obligeait au silence. Des cris retentissaient parfois, ils nous terrorisaient. Mon tour est arrivé, une grosse femme rougeaude en tablier blanc m'a demandé de relever la manche de mon chandail.

— T'as de la chance d'être tombée sur moi, m'a-t-elle soufflé à l'oreille, je fais ça vite, t'auras pas mal.

Elle a trempé une aiguille dans de l'encre noire, machinalement. En même temps, elle consultait un cahier posé sur la table à côté d'elle.

— T'es la cent millième ! a-t-elle déclaré en ricanant.

Ensuite, elle a tatoué le chiffre sur mon bras. Elle avait raison, ce fut rapide et propre. Cependant, elle m'a infligé une douleur impossible à apaiser. Même encore aujourd'hui, après toutes ces années, elle me brûle toujours. Si je n'ai pas senti son aiguille me percer la peau, ses mots continuent de m'entailler l'âme.

— À partir de maintenant, ton nom c'est cent mille, t'as compris ? Ici, il y a pas de privilège, chacun son numéro. Elle n'en finissait pas de ricaner. T'as hérité d'un pactole de zéros ! Ça te fait penser à quoi un zéro ?

Je n'ai pas osé répondre, il y avait tant de méchanceté dans son regard.

— Un zéro c'est rien, c'est le vide, la nullité ! Alors cinq zéros ! Elle a cessé de ricaner. Elle s'est penchée sur moi. À partir de maintenant, t'es une moins que rien.

Elle a lâché mon bras et crié « au suivant » !

J'ai rejoint un baraquement à l'autre bout du camp. Dans les jours qui ont suivi, mon bras s'est infecté, puis il s'est couvert de croûtes épaisses. Les plaies ont fini par cicatriser.

En à peine deux jours, les filles du bâtiment 174b, allée 19, réagissaient à l'appel de leur nouveau nom, c'était une question de survie : « einhunderttausend ! » et je me tenais au garde à vous, prête à accepter les ordres.

Le soir, avant de m'effondrer dans le sommeil, je me répétais plusieurs fois d'affilée : tu es Hannah Lousberg, tu es Hannah Lousberg, tu es Hannah Lousberg. Je suis incapable de dater précisément le jour où j'ai décidé d'entreprendre de répertorier chacune d'entre nous. C'était vers la fin de l'hiver, beaucoup déjà avaient définitivement quitté le dortoir. Je savais où elles s'en allaient et, pour la plupart, je ne connaissais même pas leur nom. J'ai volé un cahier et un crayon dans le bureau de la capot. Le premier nom sur ma liste fut le mien : Hannah Lousberg, 100000. Mes compagnes de baraquement ont suivi : Sarah Stein, 89216, Rachel Beilin, 104326, Judith Reiss, 99123...

Le travail s'est compliqué par la suite, avec les enfants des autres baraquements et s'est révélé plus difficile encore avec les disparus. Quand nous avons été libérés, le 27 janvier 1945, mon cahier comptait 1248 noms.

De retour à Paris, j'avais quinze ans, nulle part où aller. Léa Gabis, une compagne de camp dont un membre de la famille avait été épargné m'accueillit chez elle. C'était un petit appartement au 110, rue Lepic. Plus tard, lorsque nous nous sommes mariées et que la tante de Léa est décédée, nous avons décidé de le transformer en bureau. Notre travail de recensement s'est en quelque sorte officialisé et bon nombre de personnes y sont venues consulter nos fiches. Beaucoup d'enfants ont ainsi retrouvé une identité, car durant leur captivité, ils avaient fini par oublier leur nom. C'est à ce moment que l'idée m'est venue d'appeler cet endroit « Hôtel des anges ».

Léa est morte de tuberculose en 1956, peu de temps après sa tante. Elle m'a légué l'Hôtel des Anges en me demandant de continuer à rendre aux enfants le lien avec leurs origines. J'ai promis et n'ai jamais failli à cette promesse.

Vous n'avez pas connu les camps, Germaine, mais on vous appelait Lahuit et cela m'était insupportable. Vous vous êtes accrochée aux chiffres comme d'autres s'accrochent aux mots d'amour. J'aurais voulu vous expliquer, mais j'étais si jeune à l'époque. Lorsque nous nous sommes revues, bien des années plus tard, je vous ai demandé si vous étiez heureuse, vous m'avez affirmé que oui et je vous ai crue, car vous resplendissiez. Vous m'avez confié que vous vous appeliez Lediaux et que ce nom, c'est vous qui l'aviez choisi. Vous étiez fière d'avoir pu offrir un patronyme à votre famille. Vous m'avez envoyé une carte à la naissance de votre fils. Les mots occupaient toujours peu de place, j'ai compris que vous leur préfériez encore les chiffres, mais ceux que vous avez choisis pour me parler de votre joie ne pouvaient être plus beaux et plus justes.

Vous savez, Germaine, combien un nom glorifie ou détruit une existence. Vous connaissez l'importance de remonter le fil d'une vie jusqu'à la branche la plus haute d'un arbre généalogique. Vous savez qu'on ne peut planter ses racines en dehors d'une terre ameublie. C'est pourquoi vous trouverez ci-joint mon cahier et toutes les fiches accumulées ma vie durant. Offrez-leur la place qu'ils méritent, veillez à ce qu'ils ne se perdent pas. Je vous confie également l'Hôtel des Anges. Vous saurez mieux que personne honorer l'âme des enfants auxquels un tatouage avait volé l'identité.

Votre amie,

Hannah Lousberg

Jean ne quitte pas Lucie des yeux. Sur son beau visage, les émotions se perçoivent clairement. Lucie. Lumière. Elle rayonne même dans le chagrin. Des larmes roulent sur ses joues, elle se pince la lèvre inférieure, tente de ne pas s'effondrer. Il voudrait la prendre dans ses bras, consoler l'enfant d'Hannah, cette petite fille qui vient de découvrir le passé de sa mère. Il voudrait bercer sa peine, la rassurer sur le futur. Il voudrait lui parler de son projet qui est de transformer l'Hôtel des Anges en lieu de mémoire. Il voudrait, mais les mots se coincent dans sa gorge.

Elle relève la tête.

Leurs regards se croisent et Jean comprend qu'il ne sera pas seul pour poursuivre le chemin.

Mais il est bien court le temps des cerises
Où l'on s'en va deux cueillir en rêvant
Des pendants d'oreilles
Cerises d'amour aux robes pareilles

Cette histoire est une pure fiction, malheureusement basée sur des faits réels. Si Jean-Baptiste Clément a bel et bien habité au 110, rue Lepic, il n'y a jamais eu d'Hôtel des Anges à cette adresse. Mais il y a eu des enfants auxquels on a volé l'identité dans des camps. Il y a eu des chiffres tatoués sur leur bras. Il y a eu la honte, la solitude, le silence.

Il y avait pourtant simplement des enfants.

Dominique Van Cotthem vit à Liège où elle exerce la profession de secrétaire en maison de retraite après avoir été fleuriste durant des années.

Tant de rencontres, mêlées aux différentes formes artistiques qu'elle a approchées (musique, peinture, théâtre, mise en scène), alimentent son imagination. Jusqu'au jour où elle se lance vraiment dans l'écriture.

Son premier roman *Le sang d'une autre*, a reçu le Prix Femme Actuelle Coup de cœur des lectrices.

Le sang d'une autre, roman, éditions Les Nouveaux Auteurs, Paris 2017
Le sang d'une autre, éditions Pocket 2019
Un bleu de fin d'été qui n'a pas dit son dernier mot, recueil de poésie, BoD 2020

Hôtel Paradis

Rosalie LOWIE

Ma vie s'achève ici.

Cette nuit d'automne. La fraîcheur bleutée lèche les toits de Paris. Le silence ne parvient pas à résonner, tant l'ardeur citadine ne faiblit jamais. Les notes de piano, que produisent ses doigts délicats et agiles, vibrent encore dans mon crâne amoureux. Son sourire plus lumineux que mille astres m'éblouit de bonheur et réchauffe mon cœur pour ma nuit éternelle. Je l'emporte avec moi. A jamais.

Ma vie s'achève ici.

Dans cette douillette chambre rouge de l'Hôtel Paradis. Tout un symbole et une des raisons qui m'ont fait le choisir quelques mois plus tôt, quand a germé cette idée farfelue dans ma caboche disgracieuse. Le paradis se dresse dans sa devanture de verre et de pierre, au 41 rue des Petites Écuries, au cœur de Paris, près du Ventre cher à Émile Zola. À mi-chemin de la Gare du Nord, où je vis, du prestigieux Opéra Garnier, et des berges de la Seine, où je flâne à la nuit tombée. Ma chambre, sous les toits, s'ouvre sur une étroite fenêtre. Assez banale. Je l'ai aperçu la première fois, ombre féminine derrière la vitre, avec en arrière-plan le Sacré-Cœur. Une auréole de sainteté pour cette divine beauté. Sans doute un signe de la pureté et de la bienveillance, qui animent son cœur.

Ma vie s'achève ici.

Dans quelques heures. La lune blanchit déjà le ciel, dispersant les nuages filandreux comme autant de toiles d'araignées nocturnes. Cette nuit d'Halloween est la mienne, la sienne, la nôtre. Malgré la terreur d'une veille de fête des Morts, qui égrène ses déguisements angoissants et ses ricanements torturés.

Cette nuit je vais être *enfin* heureux. Pardonne-moi, maman, mais sache que je suis joyeux de partir avec elle.

Au printemps de ma vingt-sixième année, j'ai décidé d'écrire les dernières pages de ma vie. Je ne savais pas encore trop comment... Mais ça ne pouvait plus durer. Endurer depuis ma naissance cette douleur dans mes chairs difformes, dans mon cœur solitaire et dans mon âme meurtrie de damné, était au-delà de mes forces. Je suis né monstrueux, inhumain. Oui, inhumain. Et l'horreur renvoyée par leurs yeux à tous est un calvaire que je ne peux plus souffrir. Une brûlure insoutenable comme autant de tisons incandescents, haineux, jetés au visage, en permanence.

Je capitule. Je rends les armes. L'amour d'une mère n'y peut rien. Il n'est pas suffisant pour protéger et repousser la méchanceté, l'horreur, la férocité des hommes.

Les forces me quittent. L'aigreur est trop violente sous la poitrine, alors que la nausée de cette vie sordide me remue chaque jour, provoque les haut-le-cœur autant que les insomnies chaque nuit. J'ai besoin d'une trêve, définitive et éternelle. Car à quoi bon poursuivre ? Il n'y a rien pour moi dans cette chienne de vie. Peut-être dans la prochaine, y aura-t-il un tout petit quelque chose... mais j'en doute. Je ne suis pas croyant. Si Dieu existait, il ne créerait pas de monstre avec cette gueule hideuse et ce corps repoussant. Si Dieu existait, il offrirait au moins une chance de vivre dignement. Même si c'est difficile, douloureux, impensable. Même si c'est un combat de chaque instant pour pouvoir continuer. Ma vie ne peut même pas être une lutte. Je n'ai pas les armes pour y parvenir, en dehors de mon stylo. C'est bien maigre pour se battre.

Depuis que je m'en souviens, j'écris et je noircis des pages entières de carnets noirs que je numérote, les uns après les autres, avant de les empiler sur l'étagère de ma chambre. Vingt-six. Un par année. Je mets des mots sur mes pensées. J'écris pour tenter d'exorciser mes démons et les horreurs que les autres me renvoient en permanence.

Souvent, je me dis que tu n'aurais pas dû, maman, me sauver des griffes du père. La mort était alors la *seule* réponse sensée à cette naissance improbable et vaine. L'amour ne peut pas tout. L'amour ne guérit pas. L'amour n'est pas un miracle. L'amour, même s'il est immense, est parfois impuissant. Tout simplement.

Dans mes rêves, les doigts du père s'enroulent autour de mon cou et serrent avec vigueur. Une lueur haineuse électrise ses prunelles, qui peinent à soutenir mon regard. Je le dégoûte depuis mon premier souffle. D'ailleurs, la nuit suivante, c'est un oreiller qu'il appuie de toutes ses forces sur mon visage. J'aime quand il me tue. J'aime quand il abrège mon supplice. Et je déteste quand mes paupières s'ouvrent sur l'aube d'un nouveau jour. Un énième lendemain de souffrance.

C'est la voisine de palier qui m'a balancé l'odieuse vérité, un jour. Sans ménagement, avec une grimace de dégoût, mêlée d'un soupçon de délectation. Père a tenté l'infanticide peu de temps après ma naissance, mais tu t'es ensuite enfuie de la maison, avec moi, encore nourrisson sous le bras. Emmailloté et silencieux. Depuis mes premiers jours, je suis sidéré d'être vivant et si laid. Alors je ne fais aucun bruit, je n'émets aucun son. Le silence nous aide à camoufler notre secret.

— T'aurais dû le laisser crever, le chiard ! Quelle vie d'enfer va-t-il avoir ?! Il est tellement répugnant... Pouah ! Et toi, aucun homme ne voudra de toi avec ce boulet !

Elle n'a pas tort cette vieille harpie. Elle est mauvaise, mais lucide. Aucune existence ne fleurit dans les flammes des limbes ou aux portes du purgatoire. Le père, trop heureux d'être débarrassé du monstre, ne nous a pas recherchés. Au contraire, s'il avait pu couler la lave du Vésuve entre nous, il l'aurait fait.

Tu n'aurais pas dû, maman, me sauver, car sur terre c'est l'enfer.

En surfant sur internet, j'ai repéré cet hôtel à son nom. Je rêve d'un paradis qui m'accueillerait avec quiétude. Les bras grands ouverts, comme ceux de maman, et où je pourrais me lover dans une infinie mansuétude. Une chaleur lumineuse m'envelopperait alors, soufflant ma tristesse par-delà les cimes de la forêt maléfique. Je pourrais enfin baisser la garde. Me poser, me reposer, souffler, respirer. Être une personne *ordinaire* dans un monde *ordinaire*.

— Un giorno, andremo in paradiso[1]…

Sa voix italienne, à la Sophia Loren, est légèrement cassée. Quand la peine est trop puissante, que j'ai mal à en crever, recroquevillé dans un recoin de ma chambre, maman me susurre à l'oreille des mots doux venus de Naples et des venelles joyeuses de son enfance.

— Un giorno, andremo in paradiso…

Alors forcément, le nom de l'hôtel ne pouvait pas me laisser de marbre.

Avec mon camouflage de phénomène de foire, une cape grise et mes lunettes noires, je fais au mieux pour passer inaperçu. Le concierge de l'hôtel a bien tenté de me refuser la chambre. Mais voyant

---

[1] Un jour, nous irons au paradis (en italien)

monter le ton et les menaces de saisir le défenseur des droits, il a capitulé, m'octroyant la plus petite chambre sous les toits, accessible par la cour du fond et l'escalier de service. C'est un effort de gravir les marches, mais un bonheur d'ouvrir la porte sur cet « *autre chez-moi* » du mercredi après-midi. La chambre est minuscule, tendue de murs rouges, avec un lit une place, une table et une chaise. Mon moment préféré est lorsque j'ouvre la fenêtre sur les toits de Paris et les dômes pointus du Sacré-Cœur. Par-delà la balustrade en fer, les appartements d'en face apparaissent, à quelques mètres à peine. Avec autant d'existences en leur sein.

Dès le premier mercredi, les notes de musique me bouleversèrent. Par l'une des fenêtres entrouvertes, un air de Chopin s'échappa jusqu'à moi. Délicat et enlevé. L'envie de fermer les yeux fut quasiment instantanée. Se laisser envahir, se gorger de la mélodie, égoïstement, se nourrir d'émotions musicales, se repaître de beauté. La pianiste était de dos. Assise, droite, les cheveux blonds flottaient sur ses épaules menues. Ses doigts gracieux coururent sur les touches noires et blanches. Elle ponctua, impulsa le rythme d'un petit coup de tête. C'était la professeure, car bientôt elle céda la place à un adolescent et donna des consignes précises pour jouer le morceau de musique. Elle se tourna de trois-quarts, sentit mon regard, me jeta un coup d'œil alors que je me cachais aussitôt dans les plis du rideau. Surtout ne pas l'effrayer. Elle était trop belle, trop douce, pour que je lui offris ma face disgracieuse.

Alors, forcément, je suis revenu le mercredi suivant, puis le suivant, et encore le suivant. Sa seule présence donne un sens à la mienne, dans cette chambre. Je m'assieds au bout du lit, au bureau, je m'adosse au mur derrière le rideau. J'écoute les mélodies, je l'observe comme un voleur, à son insu. J'emmagasine la beauté qu'elle m'offre à voir et à entendre. J'accumule les pétales de rose. Je chaparde les gourmandises sucrées. Mon cœur se gonfle de bonheur. Je le sais éphémère, mais *enfin* je ressens une émotion étrange, magnifique, qui emporte. Je l'ai aimée dès le premier jour. D'un amour impossible et tragique. À moi, d'en choisir l'issue. Les larmes de joie s'entremêlent à celles de ma peine infinie. Une rivière coule sur mes joues et creuse les sillons profonds de ma peau boursouflée. Je reste crapaud, sans espoir de métamorphose en prince charmant. Ça n'arrive pas dans la vraie vie, juste dans les contes pour enfants.

Après son départ, j'écris mes sentiments et ma bonne fortune amoureuse dans mon carnet. Je dessine son profil, la courbure de ses épaules, je crayonne sa soyeuse chevelure dorée, ses doigts fins sur le clavier. Elle devient ma bonne fée, celle qui met du soleil dans ma vie de pauvre hère maudit. Mes lèvres esquissent *enfin* un sourire. Elles étaient pourtant figées en rictus douloureux depuis des millénaires.

L'attente entre chaque mercredi devient ardente, brûlante. Mes insomnies me chahutent, mais elles sont si belles, remplies de ma divine amoureuse. Elle parvient même à repousser les assauts du père, qui revient chaque nuit me tuer.

Maman a perçu le changement aussi. Je n'ai pas pu lui cacher les raisons de ce bonheur que je n'imaginais plus. Elle me caresse la joue. Une tendresse maternelle m'inonde. Personne ne me regarde avec ces yeux aimants. Elle ne voit pas le monstre. Elle transperce ma carapace, touche mon âme, étreint mon cœur. Elle voit son enfant. Envers et contre tous.

— Lei è bellissima[2] ?
— Oui.

Elle me croit. Elle me laisse savourer ce bonheur éphémère, sans jugement. J'ai le sentiment que ça lui fait du bien, de voir se poser des bulles émerveillées dans mes yeux sombres, où l'incroyable devient subitement possible.

---

[2] Elle est belle ? (en italien)

Un mercredi de mai où le soleil est haut dans le ciel, où la moiteur s'échappe de l'asphalte pour grimper aux murs des immeubles parisiens, elle joue un prélude de Bach. Vêtue d'une robe blanche à fines bretelles, sa peau légèrement ambrée contraste. L'envie de l'effleurer du bout des doigts, de sentir son parfum, me transporte. Des crépitements dans le creux de la poitrine, je rougis de ces envies insoupçonnées qui montent en moi. Jusqu'alors, je n'ai eu que deux pulsions, me suicider et tuer les autres.

— Hey ?! Ne vous défilez pas ! Montrez-vous…

Je sursaute en me dissimulant dans les pans épais des rideaux. Une décharge d'adrénaline me foudroie l'échine. Je transpire à grosses gouttes comme à chaque fois que la peur me bouscule.

— Oui, vous de l'autre côté… Je sais que vous écoutez.

— …

— J'ai remarqué votre manège ces derniers temps…

— …

— Vous aimez le piano ?

Tétanisé qu'elle s'adresse à moi, avec cette spontanéité, je reste plus muet qu'un banc de carpes.

Mon cœur s'accélère, bat la chamade. La sueur s'écoule dans mon cou.

— Vous savez jouer, peut-être ?!

— ...

— Je pratique depuis que j'ai quatre ans. Je grimpais sur les genoux de mon père alors, intriguée par cet énorme instrument de musique. Mes menottes posées sur les siennes, je faisais semblant de produire des sons. Le plus dingue, c'est qu'il parvenait, lui, à jouer malgré mes doigts gluants.

Sa voix est mélodieuse. Je ferme les yeux et me berce du son de ses mots qu'elle prononce avec une musicalité irréelle. Des grelots joyeux tintinnabulent parfois en bout de phrase, comme une ponctuation.

— Vous êtes muet ?

— ...

— Hum... Vous ne voulez pas me parler ? C'est ça...

— ...

— Bien, ça n'est pas très gentil de me laisser en plan avec mon monologue.

Elle referme la fenêtre sur ses mots et sur elle. Une larme perle sur ma joue déformée. Je me laisse glisser au sol, plaqué dos au mur et aux mondes des vivants. Je me sens tellement impuissant.

Un autre mercredi, sa voix retentit entre nos deux fenêtres ouvertes.

— Alberto ?

Je tressaille. Comment connaît-elle mon prénom ? C'est impossible.

— Je vous ai suivi...

— …
— Je sais, ça ne se fait pas, mais la faute à qui ? À vous. Vous m'avez obligée avec vos cachotteries et vos silences.

Suivi ? Non c'est impossible, je m'en serai rendu compte. Plus prudent qu'une tribu de Sioux à couvert, je veille à rester discret, car je sais que certains sont friands des secrets et de ce qu'ils peuvent en tirer auprès de charlatans ou d'escrocs. À une époque, j'aurais été un véritable phénomène de foire. On aurait payé cher pour me reluquer derrière des barreaux ou des cages vitrées, aux côtés d'autres êtres (humains) affectés de difformités ou d'anomalies physiques congénitales graves.

— On ne va pas jouer ainsi au chat et à la souris… Soyez sympa !
— Salut, je réponds avec ma timidité maladive, toujours dissimulé derrière l'épais rideau.

Le velours est soyeux, rassurant. J'y enfouis ma joue enflée où résonnent les battements accélérés de mon cœur. Une odeur de poussière me chatouille le nez.

— Alberto ?
— Oui.
— Vous êtes d'origine italienne ?
— Ma mère.
— Hum… Je m'appelle Héloïse. Vous ne voulez pas vous montrer ? Parler à une fenêtre vide, ça n'est pas très engageant.
— Non, c'est mieux ainsi.

— Ok. Vous aimez le piano ? Ou alors, vous êtes un dangereux psychopathe, à m'épier ainsi en douce ?

— J'aime cet instrument. Vous jouez divinement bien.

— N'exagérez pas, mais je suis rassurée sur vos intentions alors…

J'en suis moins sûre, ai-je envie de répondre, mais je me tais. Mes pulsions reviennent par intermittences, en écho à la souffrance qui gronde en moi depuis ces vingt-six années. L'envie d'en finir me taraude régulièrement, mais je procrastine. Tout comme celle de tuer les plus méchants qui prennent un malin plaisir à accentuer mon supplice. Tuer ou laisser mourir. Telle est la question.

Je revois, avec délectation, le regard désespéré de Nathan. Une sale teigne en primaire qui m'avait pris en grippe et se moquait de moi en permanence. Nous avions huit ans et l'école était mon pire cauchemar. Lors d'une sortie de classe en forêt, j'avais morflé tout du long, sous les brimades et noms d'oiseaux. J'avais même dû surmonter croche-pattes et bousculades. Les professeurs peinaient à prendre ma défense, car même eux étaient répugnés par mon apparence. D'ailleurs, après ce drame, maman m'a fait l'école à la maison, car la vie en société n'était plus possible pour moi. Être vivant et présent au milieu de tous s'apparentait à une torture inouïe. Le groupe s'était dispersé en fin de journée, je rentrais chez moi et maman venait à ma rencontre, alors que nous passions près d'un lac. Nathan n'arrêtait pas de m'asticoter, ourdissant ce supplice lancinant et vexatoire de chaque instant, j'en avais les larmes aux yeux, mais je rongeais mon frein en silence. Subitement, la pulsion de haine sous-jacente depuis des semaines a enflé pour exploser d'un coup. Je l'ai poussé. Pour l'écarter de mon chemin. L'extirper de mes pensées. Le repousser hors de mon champ de vision. Il a basculé en arrière. Dans l'étang. Son regard noirci par le désespoir m'a glacé d'effroi et la peur m'a saisi. Il gigotait, agitant les bras, sa tête peinait à rester hors de l'eau. On aurait dit un bouchon en liège, aspiré au fond par un fil invisible, puis relâché d'un coup et giclant à la surface. Blops ! Un véritable yo-yo. Nathan buvait la tasse. Il ne savait pas nager et je le savais. Nos pupilles sont restées connectées. L'espoir d'un geste de secours de ma part étincelait dans ses yeux, alors que je jubilais en silence de ce drame en direct. Soudain, il a coulé à pic. L'eau s'est refermée sur lui. Une onde de bonheur m'a submergé, intérieurement. Je suis resté de marbre. Un professeur m'a demandé si j'avais vu Nathan. J'ai haussé les épaules et j'ai poursuivi mon chemin pour rejoindre maman. Ce jour-là, j'ai compris que subir n'était pas qu'une fatalité. Ça ne me rendrait pas forme humaine, mais la vengeance pouvait m'octroyer une respiration de bien-être dans la monstruosité de ma vie.

Il y a eu aussi la méchante voisine qui, à la seule force de ma hargne vengeresse, a dévalé les escaliers pour finir dans l'entrée de l'immeuble, le corps démantibulé, la nuque brisée et le visage saisi d'une stupeur éternelle. Si j'avais pu souffler les flammes du Vésuve sur sa carcasse pour finir la belle besogne, je n'aurais pas hésité un instant, mais nous aurions été à la rue. Alors, je n'ai pas insisté, d'autant qu'un plaisir délicieux a inondé mes veines en voyant les secours se hâter autour de la vieille bique refroidie puis finir par l'embarquer sur une civière, dans l'ambulance tous gyrophares allumés. J'ai ravalé ma délectation, en croisant les yeux pâles de maman sur le palier de notre appartement.

Alors, quand la magnifique Héloïse se dit rassurée sur mes intentions, je ne sais quoi répondre. Bien sûr, elle n'est ni méchante ni cruelle, comme Nathan ou d'autres. Non bien au contraire, elle est l'inverse, même. Elle est merveilleuse et généreuse. Mais elle est l'amour impossible que d'aucuns souhaitent chérir et garder à soi, pour enluminer l'existence. Oh oui, la mettre dans mon cœur à jamais, pour moi seul. Pouvoir dès le réveil, ne voir qu'elle qui irradie un soleil privé sur mes yeux fatigués, et, au coucher, m'endormir dans ses bras avec cette sensation de plénitude qui adoucit mon cœur. Sa voix fait jaillir un romantisme frénétique, obnubilant, chavirant, qui aimante mes pas. D'autant que personne ne veut de moi, encore moins une femme, si belle de surcroit. Alors, pourquoi ne pourrais-je la garder pour moi ? Après toutes ces années de souffrance, je mérite mon répit, ma trêve, mon paradis, mon *Ève*.

Les premières notes d'un morceau d'Erik Satie, *les Trois Gymnopédies*, résonnent entre nous et les deux fenêtres ouvertes. Un fil musical nous unit, les drapeaux d'émotion flottent sous le vent léger de ce moment plus doux qu'un baiser maternel. Je m'allonge sur le lit, en chien de fusil, l'âme mélancolique entremêlée à la grâce de l'instant. J'aime quand elle joue. C'est elle qui est au piano. Ça ne fait aucun doute. Le geste est sûr, vif, émouvant. Je me damnerais pour l'écouter toute ma vie. Je donnerai tout pour emporter la féerie et balayer la noirceur. Je ferme les yeux. Elle me sourit derrière mes paupières closes, ses doigts courent sur les touches. Elle joue pour moi, ressent mon trouble, s'en nourrit pour frapper les cordes.

— Je ne vous ai pas suivi, en fait…

Sa voix brise mon rêve et me sort de ma torpeur poétique. Je me reconnecte avec la réalité, les yeux braqués sur la rougeur du mur grenelé d'ombres allongées. Le changement d'heure obscurcit vite les fins d'après-midi et les teintes de marbrures angoissantes.

— Vous entendez ?
— Oui.
— Je ne vous ai pas suivi. C'est à la réception de votre hôtel que j'ai obtenu l'information. Il n'est pas très commode le type, mais j'ai réussi à lui tirer les vers du nez.
— On ne peut pas vous résister.

Je me surprends à lui balancer cette phrase pendant qu'une vague de frissons me chahute les sens. Elle marque un temps d'arrêt.

— Pourquoi dites-vous ça ?
— Je vous ai observé au début, attiré par votre musique. Vous le savez bien.

— Hum… En tout cas, le réceptionniste ne vous aime pas. Mais je pense qu'il n'aime pas grand monde.
— La différence lui fait peur.
— Ça effraie…
— Ça vous fait peur ?

Elle marque un temps d'arrêt, sans doute pour soupeser sa réponse. Je caresse du bout des doigts le velours du rideau, suspendu à ma respiration tiède et à l'angoisse de l'imaginer comme tous ces autres. Et de casser mon rêve.

— Oui et non… en fait je ne sais pas trop pour être honnête… Vous… Vous êtes différent comment ?

Je soupire et chasse les grains de poussière collés sur ma bouche boursouflée. L'éternuement n'est pas loin, mais la sensualité du tissu m'aspire dans ses plis. Cette question ardue me bouleverse. Comment mettre des mots sur ma laideur ? Comment décrire l'inhumanité de mon être ? Mes chairs enflées, distendues, percées de cratères et de bosses comme un astre lugubre… Ce corps brisé, douloureux et d'une laideur telle que la nudité m'est insoutenable…Ce visage qui n'a de réalité que le nom tant ma figure est déformée, déséquilibrée, bouffie… Ces mains épaisses, larges et molles aux ongles inexistants et creusés de sillons profonds… Ces horreurs qui me définissent et provoquent instantanément la répulsion dans le regard des autres… Je m'insupporte à en mourir, alors parler de moi l'est tout autant.

— Je ne veux pas vous mettre mal à l'aise. Oubliez ma question stupide, s'il vous plaît ?!

J'aime sa soudaine délicatesse, l'appréhension maladroite qui frémit dans sa voix. Je l'en aime plus encore. Je glisse un œil plein d'envie entre le rideau et le mur pour tenter de l'apercevoir. Juste un instant, me gorger de sa bonté.

À la fenêtre, ma pianiste est droite et immobile. L'air songeur. Sa tristesse slave me fend le cœur. Remets la flamboyance de ton sourire sur tes lèvres. Remets la gracilité de tes doigts sur les touches. Remets la luminescence de ta musique dans ma vie. Ne sois pas chagrin, ma toute belle, surtout pas. J'ai eu mon lot de douleurs. J'aimerais partir dans la légèreté d'un bruissement d'ailes, m'envoler par-delà les nuages floconneux et me nicher dans un écrin de sérénité. Avec toi sur le dos, enroulée autour de mon cœur, diffusée dans chacun de mes pores, mon élixir d'amour.

— Je parle trop, je sais bien.
— Et moi si peu.
— Je vais jouer. Vous aimez Debussy ?
— J'aime tout ce que vous jouez.
— *Clair de lune* ?
— Oui.

Elle s'éloigne de la fenêtre, se rassied au piano. Après un bref instant de concentration silencieuse, elle inspire lentement, puis ajuste ses mains devant elle pour les poser en douceur sur le clavier. La musique jaillit des entrailles de la bête à corde. Ses doigts se courbent, dansent sur les touches, se recourbent, s'élèvent dans l'air pour dessiner des arabesques élégantes, puis replongent pour taper les cordes. Elle est magistrale, émouvante. Les larmes affleurent à mes paupières. J'ai le cœur qui se serre à en perdre le souffle. J'ai le sentiment irréel qu'elle me comprend à demi-mot, qu'elle ressent ma douleur, qu'elle est ma bonne fée agitant sa baguette magique pour en extirper un feu d'artifice étoilé et un grelot d'émotion poignante.

Puis, la musique s'étiole pour faire place à un silence de banquise. Même la blancheur de la glace m'éblouit et me pique les yeux. À moins que ce ne soit l'humidité salée de mes pleurs.

— Je vais y aller, Alberto.
— Merci pour ce splendide *Clair de Lune*.
— De rien. À mercredi prochain.

La fenêtre grince en se refermant doucement sur mon bonheur éphémère. Ne sois pas trop gourmand. Prends déjà cette miraculeuse offrande de mon avant-goût de paradis. Mais, la souffrance me saisit dans la poitrine comme un coup de poignard planté violemment. Dos au mur, je glisse au sol comme dans mes angoisses d'enfance, dans ma chambre.

— Un giorno, andremo in paradiso[3]…

Les mains collées sur les oreilles pour ne plus rien entendre, ni le monde, ni ma belle pianiste, ni même maman. Les mots résonnent angoissants, me brisent les tympans. C'est à me rendre fou de douleur. Un cri s'éteint dans ma gorge. L'envie de mourir, d'en finir me torture. Je dois me jeter dans le vide pour briser net le fil de ma souffrance. Je ne dois

---

[3] Un jour, nous irons au paradis (en italien)

plus attendre. Je dois abréger mon existence. Vite. Vite.

Le mercredi suivant, je l'attends avec la ferveur romantique de l'amoureux transi. Lové dans la cape d'un Chateaubriand, stoïque sur ma chaise, la mélancolie et la puissance de ma passion pour mon Héloïse m'émeut. J'ai noirci des dizaines de pages depuis notre séparation de la semaine dernière afin de lui témoigner mon amour et mon infinie reconnaissance. Le sentiment d'écrire mes mémoires d'outre-tombe m'agite. C'est follement prétentieux, mais je ressens cette grandeur quasi mystique. Mon âme s'enflamme, bouleversée par cette passion dévorante qui ne peut être qu'éphémère pour être éternelle.

Tout est fin prêt entre ses quatre murs, plus rouges que le sang qui coule dans mes veines. Il est trois heures. Elle va ouvrir la fenêtre, prudemment, glisser un minois délicat au-dehors pour sentir la fraîcheur de l'automne. Ses joues vont rosir, ses prunelles rutiler d'une timidité attendrissante. Et puis, elle dira…

— Alberto ? Vous êtes là ?

Elle s'en doute, car ma fenêtre est entrouverte, comme chaque mercredi depuis notre rencontre. Mais j'apprécie qu'elle m'en fasse la naïve demande.

— Oui, bonjour Héloïse.
— Bonjour Alberto.

— Le ciel est lumineux.
— Oui, l'automne est agréable. Mon élève est souffrant.
— Ah…
— Ça n'est pas grave. Il se repose. Je vais vous jouer quelques morceaux. Enfin si ça vous dit ?
— Oh, mais oui. Avec plaisir, Héloïse.
— Chopin ? Ça vous tente ?
— Parbleu, oui. Quel choix judicieux !

Je remue sur ma chaise inconfortable jusqu'à trouver la position idéale pour l'écouter. Les rideaux légèrement décrochés du mur me permettent aussi de l'entrevoir, sans être vu en retour. Les partitions s'agitent sur le pupitre dans un bruissement de feuilles joyeux. À l'affût du bon morceau. Je retiens ma respiration. Pourvu que son index s'arrête sur le *Nocturne No 20*. Avec elle, je redécouvre mes standards préférés de *grande musique* interprétés par une pianiste de chair et d'os, plus seulement sur un vulgaire CD en polycarbonate, totalement impersonnel. C'est bouleversant de pureté cristalline. Incroyable qu'ils soient joués *pour moi* seul. Moi si laid, si vil, je touche la divine beauté ou plutôt c'est elle qui me touche en plein cœur.

Soudain, l'immeuble parisien et ses appartements se taisent. Les citadins retiennent leurs souffles, subjugués. Les discussions se figent pour laisser toute la place aux notes, qui mises bout à bout composent une mélodie féerique. Les pigeons échoués dans les gouttières étouffent leurs roucoulades sous leurs plumes. Les chats en équilibre sur les toits ravalent leurs ronrons, en étirant leurs vibrisses pour capter les vibratos. Même le ciel laiteux se blanchit d'un silence respectueux. Le temps paraît subitement suspendu à ses doigts créateurs d'harmonie.

Je suis tombé dans la musique classique par hasard, en découvrant un vieux 33 tours dans une malle de notre meublé, près de la Gare du Nord. Un medley de classiques au piano. Voyant mon air intrigué, maman a déniché une platine au marché aux puces de Saint-Ouen. À peine la pointe de diamant du bras posé sur le vinyle, malgré les craquelures du disque qui tournoie sur son axe, la magie a opéré instantanément. Mon regard émerveillé s'est élargi. Maman a alors acheté d'autres classiques. Chaque mélodie est devenue une puissante bouffée de douceur, une pause inespérée dans la noirceur de ma vie.

À présent, le vinyle se métamorphose en jolie et talentueuse pianiste. Héloïse, ma bonne fée, parsème de la poudre de bonheur dans ma vie. Mon âme se soulève et s'illumine au rythme de la mélodie.

Le *Nocturne No 20* de Chopin s'achève. Les doigts en suspension dans l'atmosphère, elle s'immobilise, le souffle court sous une poitrine qui palpite. Elle est épuisée. J'applaudis doucement. L'émotion se coule en larmes aux coins de mes yeux. C'est sublime.

— Que diriez-vous de prendre le thé ?

Je me jette à l'eau. La voix enrouée au creux de la gorge, je tousse doucement pour me libérer les cordes vocales. Surprise par mon invitation, Héloïse rassemble ses mains pour les poser à plat sur ses cuisses. Touchante, elle me saisit de désir. Sentiment nouveau et inavouable pour le monstre que je suis et que je reste par-delà l'adversité. J'aime l'angelot blond qui se glisse le long d'une liane filandreuse depuis les nuages célestes pour venir jusqu'à moi. Je l'aime d'un amour brutal.

— Vraiment ?
— Oui, c'est sérieux.
— Alors que vous ne vous montrez pas jusqu'à présent… Je suis surprise de votre demande ?
— Je comprends…
— Comment vais-je faire une fois devant vous ?
— Je resterai dans la pénombre pour ne pas vous effrayer.
— Vous êtes si effrayant ?
— J'en ai bien peur… Je suis à mi-chemin entre Quasimodo et Joseph Merrick. Vous savez celui qu'on surnommait « *Elephant Man*[4] »…

Le silence pour toute réponse, je vois ma belle pianiste en proie à d'âpres réflexions. La laideur bouscule, tout autant que la différence.

— D'accord, s'empresse-t-elle de répondre, brisant d'un coup net le mutisme insoutenable.

---

[4] Film américo-britannique en noir & blanc de David Lynch, adaptation romancée des mémoires de Frederick Treves, le médecin qui prit en charge Joseph Merrick surnommé « *Elephant Man* » (« *l'homme-éléphant* ») du fait de ses nombreuses difformités, en 1884.

Je souris, saisissant le malaise qui lui malaxe les tripes. Ma belle est piégée, prise dans mes filets. Elle va venir picorer dans ma main malgré mes chairs difformes et répugnantes. Je souris à m'en déchirer les commissures des lèvres. J'avais oublié qu'on pouvait prendre plaisir à sourire.

On cogne à la porte. C'est elle. Une émotion vibrante teintée d'excitation m'étreint. C'est le moment tant attendu de notre rencontre. Le *point* culminant de cet amour qui enfle dans ma poitrine depuis ces derniers mois. Le *point* de non-retour aussi, car après je sais que rien ne sera plus comme avant. Et, le *point* final que je vais tracer de ma plume dans mon ultime carnet, le vingt-sixième.

Des filets de sueur glissent sur mon front et dans mon cou. Je me triture les doigts d'anxiété. Je respire fort. J'étouffe dans cette chambre exiguë aux murs silencieux, qu'ils en deviennent oppressants. La fenêtre est pourtant entrebâillée, mais l'air se raréfie, comme aspiré vers l'extérieur.

— Reste-là, j'y vais.

Maman s'éloigne, un fin sourire aux lèvres. Elle lui ouvre la porte. L'étonnement se lit sur son visage à la blancheur diaphane.

— Oh ?! J'ai dû me tromper ?! Je… Je pensais voir Alberto…

— C'est bien ici. Alberto vous attend à l'intérieur.

— Ah…

— Vous êtes Héloïse, n'est-ce pas ?

— Oui, madame.

— Vous êtes encore plus belle que ce que j'imaginais. Alberto a parfois tendance à exagérer, mais là, j'avoue qu'il a dit juste.

Héloïse rougit jusqu'à la racine des cheveux.

— Vous êtes sa mère ?

— Oui. Je suis Sofia. Je peux difficilement cacher mes origines italiennes avec mon accent.

— Il est délicieux votre accent.

— Vous êtes bien gentille. Donnez-vous la peine d'entrer, Héloïse.

Maman referme la porte derrière elle. Par habitude parisienne, elle verrouille la serrure. Toujours se prémunir d'éventuels voyous qui voudraient dérober ou faire la peau. La jeune professeure de piano sursaute malgré tout en entendant tourner la clé plusieurs fois dans la penne.

La pénombre noie la pièce. Les rideaux tirés accueillent la nuit tombante, mais repoussent à l'extérieur les éclairages publics. Seule la lampe de bureau déverse un voile de lumière jaune sur le mur, ombré de formes allongées. Le bout du lit est apparent. Alberto y est étendu, enveloppé dans une obscurité qui le rend invisible. Les contours sont flous. Seuls ses pieds chaussés de mocassins en cuir émergent et s'agitent lentement.

— Je suis si content de vous voir, Héloïse. Installez-vous sur la chaise. L'ameublement de la chambre est très sommaire, veuillez m'en excuser. Ils ne m'ont pas fourni la plus belle chambre, mais je m'en fiche royalement, car c'est celle qui m'a permis de vous rencontrer et de vous écouter jouer au piano.

— D'accord, Alberto.

Sa voix est timide alors qu'elle s'assied.

— Maman va nous servir le thé. Il y a du thé vert, de l'Earl Grey et du thé noir aux agrumes. Qu'est-ce qui vous ferait plaisir ?

— Du thé noir aux agrumes, s'il vous plaît.

— Très bon choix. Je vais faire comme vous.

Maman verse l'eau chaude dans les grandes tasses en porcelaine, puis y glisse les sachets. Elle apporte le plateau sur le lit. Les saveurs d'agrumes s'élèvent dans les volutes de fumée.

— Il y a aussi des gâteaux secs.

— Merveilleux.

Je sens le trouble dans sa voix, une pointe d'angoisse qui affleure dans cette pénombre bouleversante. L'envie de lui prendre la main pour la rassurer me taraude, mais ça serait bien pire. Loin de moi le désir de l'effrayer, non surtout pas, mais c'est finalement l'histoire de ma vie. En dehors de maman, je cristallise l'horreur et la répugnance dans leurs yeux à tous. Et, ce soir, dans mon unique nuit à l'hôtel Paradis, en plein cœur de Paris, je ne veux que son sourire, son insouciance et sa générosité. Son amour, oui j'aimerais, mais je sens que je n'aurais que mon amour pour elle. C'est déjà beaucoup et ça me suffit pour partir le cœur heureux et l'âme joyeuse.

— Je voulais vous remercier Héloïse…

L'étonnement se lit sur son minois pâle alors qu'elle porte la tasse brûlante à ses lèvres.

— Vraiment ? Mais pourquoi ?

— Pour le cadeau que vous m'avez offert tous ces mercredis depuis ce jour béni de printemps où votre musique et votre bienveillance sont venus jusqu'à moi. Vous êtes un cadeau du ciel.

— Oh...

L'embarras se diffuse sur son teint. D'un battement de cils, elle détourne le regard, vers moi, semblant vouloir accrocher mon regard. Mais, je me sais invisible dans l'obscurité. Nous avons fait des essais avec maman, avant qu'elle arrive. Elle ne peut me voir. J'ai tout prévu.

— Je ne vais pas me répandre en jérémiades sur les moches conditions de ma vie. Ça n'a plus d'importance aujourd'hui. C'est le passé. Je souhaite me concentrer sur aujourd'hui.

— ...

— Sur votre beauté... Votre grâce... Votre pureté.

— Alberto... De quoi parlez-vous ? Je... Je ne suis pas sûre de comprendre...

La panique allume ses prunelles. Ses muscles se raidissent dans son cou. Ses doigts se crispent autour de la tasse. Elle se brûle et renverse un peu de thé sur ses cuisses. Elle couine sous la morsure de la chaleur, mais cherche à contrôler l'angoisse qui gronde en elle. Persuadée que la dévoiler ne ferait qu'accentuer la menace.

— Non, surtout pas Héloïse. N'ayez pas peur. Pas de cette façon-là. Je ne vous ferai aucun mal.

Je m'agite sur mon lit. Je ne veux pas lui faire peur. Pas à elle, mon amour éternel.

— Maman, dis-lui qu'elle n'a rien à craindre de moi ! En dehors de la répulsion que peut provoquer ma vision.

— Non aver paura, ma carina… [5]

Mais la voix de maman est étrange. Rauque. Métallique. Je me tourne vers elle lentement. Des stigmates pourpres contractent ses mâchoires. Je grimace.

— Maman ?! Arrête de parler italien et de dire des trucs bizarres ! Ça fait flipper !

— Un giorno, andremo in paradiso[6]… E questo giorno è arrivato ![7]

— Je… Je crois que je ferais mieux de partir…

Héloïse bredouille. Elle se lève, trébuche, fait tomber sa tasse de thé sur la moquette sombre. Hypnotisée par le faciès angoissant de Sofia, elle recule, se bute à la porte d'entrée fermée à double tour. L'affolement l'agite. Les gestes désordonnés, elle se met à tambouriner la paroi en bois.

— Laissez-moi sortir, s'il vous plaît ?

Son timbre de voix se mut en gémissement. Elle me bouleverse et je déteste maman de provoquer cette terreur douloureuse dans le cœur de mon amoureuse.

— Rasseyez-vous ! tempête maman, en colère. Personne ne peut entendre, j'ai réservé les chambres d'en dessous pour que nous soyons au calme. Alors

---

[5] N'ayez pas peur, ma jolie ! (en italien)

[6] Un jour, nous irons au paradis (en italien)

[7] Et ce jour est arrivé (en italien)

vous pourriez taper autant que vous voulez, en dehors de me casser les oreilles, il ne se passera rien.

— Madame... Mais pourquoi ?

— Maman. Arrête ce cirque. Tu fais peur à Héloïse et je ne voulais pas ça...

Héloïse fouille la pénombre, sans doute pour jauger ma sincérité. Mais je me refuse à lui montrer mon visage. Elle n'y résisterait pas.

— Je ne suis pas un monstre, malgré mon apparence. Tu salis le bonheur que je me faisais de notre rencontre. Maman.

— Mais, mon chéri...

Sa voix se fait sirupeuse, maman m'attrape la main, s'approche du lit, avec la douceur maternelle qu'elle m'a toujours offerte dès mon premier jour sur terre. Maman que j'aime plus que tout. J'ai peur de comprendre *enfin* certaines sensations plus collantes que du chewing-gum, que je me refusais à voir. Que j'occultais et terrais dans un puits sans fonds. J'ai peur d'ouvrir les yeux d'un long sommeil, jonchés d'actes que je croyais avoir commis. Mes cauchemars me lançaient parfois des flashs troublants qu'alors je ne comprenais pas ou que je ne voulais pas comprendre. Sans doute, était-ce plutôt ça. Je savais, mais refusais de l'admettre. Pour conserver intact l'amour de maman, comme le plus pur des amours.

— Maman !

— Alberto, voyons, ne fais pas l'enfant, tu sais bien.

— Laissez-moi sortir, s'il vous plaît ?

— Maman, laisse partir Héloïse. Je l'aime, tu le sais, et je ne veux que son bonheur. Pas cette terreur que tu sèmes dans la chambre et dans ses yeux.

Mais maman me malaxe la main. Elle semble possédée par un trouble intense. Elle me glace le sang.

— Alberto, je suis là pour te protéger de ce monde épouvantable. Depuis, ta naissance, les autres ne nous veulent que du mal. Ils ne comprennent pas. Ce sont eux les monstres.

— Je sais tout ça, maman. Mais Héloïse n'est pas comme eux, justement. Héloïse est un ange, un présent du ciel, une pause dans la douleur de ma vie. Alors pourquoi fais-tu cela ?

— Pour que tu puisses l'emporter avec toi ? Qu'elle soit tienne à tout jamais.

— Mais non…

— C'est ce que tu voulais pourtant ?!

— Mais non… *Enfin* pas comme ça… *Surtout* pas comme ça…

Héloïse se liquéfie, dos à la porte d'entrée, elle est muette de terreur. Des auréoles de sueur mouillent son corsage et ses tempes. J'aurais envie de m'interposer juste pour qu'elle sache que je la défendrais à la vie à la mort. Mais si je me lève, sa peur va empirer. Ce dilemme cornélien me désespère.

— Si je n'avais pas agi, ton père serait encore à nos trousses pour te faire la peau.

— Tu l'as tué ?

— Oui, à coups de tisonnier. Il n'a eu que ce qu'il méritait. Il m'a frappé tant d'années, même pendant ma grossesse, ce qui expliquerait tes difformités...

— Elles sont congénitales, maman...
— On n'en sait rien, il n'avait pas à te brutaliser. Et ces autres, ces monstres qui ne peuvent pas s'empêcher de colporter leur méchanceté odieuse, comme ce gamin et ses sempiternelles moqueries...
— Nathan ?!
— Oui, ce gosse, pourri jusqu'à l'os, une sale vermine. Il croupit dans la vase de l'étang de la forêt.
— C'est moi qui l'ai poussé dans l'eau...
— Pas vraiment.
— Ça n'est pas ma faute ?
— Mais non, mon chéri. Tu l'as poussé sans grande conséquence. Il a tout juste trébuché. Ensuite, j'ai fait le reste pour qu'il tombe vraiment dans l'eau et se noie. De toute façon, personne ne s'occupait de toi. À commencer par le professeur et même l'autre parent d'élève. Alors j'ai nettoyé la terre de ce cloporte gangrené de méchanceté. Bon débarras.

Un soulagement irradie en moi, relâchant le poids lesté qui m'oppresse la poitrine depuis toutes ces années. Ne serais-je finalement un monstre que d'apparence ? Sans âme si noire que seule la damnation s'offre comme ultime issue. Je respire plus vite, je n'ose y croire.

— Et la voisine ?
— Elle aussi, je l'ai aidé à dégringoler l'escalier et à se fracasser le crâne, tout autant que sa vilenie. À toujours me ressasser les oreilles de ses vacheries et turpitudes, à nous menacer aussi de nous

dénoncer. Elle a toujours estimé que tu n'aurais pas dû vivre. Mais pour qui se prenait-elle ? Pour Dieu ?

Héloïse remue contre la porte d'entrée. Après un éclat d'hésitation, elle s'approche de moi dans l'ombre, de l'autre côté du lit. À l'opposé de maman. Elle me donne la chance de m'interposer sans bouger. Son geste m'émeut infiniment. Sa main fouille le noir pour venir se poser sur mon bras, sur ma veste. Elle doit forcément sentir mes difformités, mais elle n'enlève pas sa main. Son contact est chaud. Franc. Direct. Il diffuse l'envie, la passion, la compassion. Mon cœur se serre de bonheur. Dans l'obscurité, nos regards se cherchent. Nos pupilles brillent et s'accrochent. Je vais l'avoir mon moment d'éternité. Merveilleux. Fabuleux. Ô comme je t'aime mon Héloïse !

— Je suis lasse, Alberto. Je n'en peux plus. Cette vie est douloureuse. Nos vies me pèsent. Il n'y a rien au bout. Mais Alberto je t'aime tellement. Tu es mon enfant. La flamme de ma vie. La sève qui coule dans mes veines, ma respiration. Mais… Mais je suis lasse. Trop lasse.

— Moi aussi, maman.

— Je sais mon fils chéri. C'est pourquoi nous allons partir ensemble.

— Oui ensemble, mais sans Héloïse.

— Vraiment ? Tu l'aimes tant pourtant.

— C'est pour ça que je veux qu'elle vive. Elle est la beauté du jour, la chaleur du soleil, la mélodie des ruisseaux, elle est la vie. Ensuite, nous partirons ensemble, maman, tous les deux, si tu veux.

— Oui, Alberto, je le veux. Partons vite.

Maman s'agenouille au bord du lit, elle blottit son visage gris sur mes cuisses, ses sanglots épuisés coulent sur la flanelle de mon pantalon. J'aime le contact humide de ses larmes salées qui me relient à maman.

D'un geste lent, Héloïse allume la lampe de chevet, ma cape m'enveloppe par-dessus mon costume bleu nuit. Mon corps si vilain fait les montagnes russes et une tranche de mon visage apparaît sous la capuche. Mes difformités se matérialisent à nouveau à la lumière même feutrée. Je ne bouge pas. Je l'observe, guettant sa réaction de rejet. Mais, elle ne cille pas. Comment est-ce possible ? Elle s'approche plus encore, me prend dans ses bras. La vague d'émotion qui me submerge me fait l'effet d'un tsunami puissant. J'aime son contact. J'aime Héloïse. Notre étreinte dure une poignée de secondes délicieuses. Je les grave dans les sillons de mon cœur. Je la respire à pleins poumons. Je n'ai plus qu'une envie, celle de partir avec cette émotion de paradis. Elle me donne ce que j'ai toujours rêvé. J'aime Héloïse plus que ma vie.

— Merci…

Ma voix est un murmure dans la jungle de ses cheveux. Elle se recule légèrement, pose ses mains sur mes épaules et se met à parler en me regardant dans le fond de l'âme.

— Alberto, vous êtes un homme *bon* et *beau*. Comme j'en ai connu peu dans ma vie. J'ai aimé jouer pour vous au piano. Votre écoute était bouleversante pour la musicienne que je suis.

— Merci.

— Avez-vous une paire de ciseaux ?
— Je vous demande pardon ?
— Une paire de ciseaux ? Je voudrais vous faire un cadeau que vous puissiez emporter avec vous.
— Dans le tiroir du bureau.

Elle s'éloigne, prend les ciseaux. Elle attrape ses cheveux, les noue en queue-de-cheval, et coupe dix centimètres de longueur. Je sursaute quand elle dépose les mèches blondes dans la paume de ma main et referme les doigts autour.

— Maman ?
— Oui, mon chéri.
— Ouvre la porte à Héloïse. Laisse-là partir maintenant.
— D'accord.

Épuisée, mais docile, maman laisse partir mon bel amour, après lui avoir effleuré l'épaule en signe de contrition. L'éclat de son visage lumineux se tourne vers moi, un dernier sourire triste, et Héloïse disparaît par l'escalier poursuivre sa vie.

Ma vie s'achève ici.

Dans cette chambre d'hôtel parisien. En route vers mon paradis. Avec mon amour dans le creux de la main et, maman, étendue, à mes côtés. Le poison est instantané. Mes os se raidissent si fort qu'on ne pourra jamais m'enlever mon Héloïse.

Cette nuit je suis *enfin* heureux. Et, je suis joyeux de partir avec *elles*.

Originaire de région parisienne, mariée, maman de deux enfants, entourée de mes chats, je vis sur la Côte d'Opale depuis une vingtaine d'années, où j'exerce le métier de Responsable Ressources Humaines. J'aime les livres depuis toujours et l'écriture. J'ai mis du temps à prendre confiance et à écrire un roman. Le bord de mer et la côte sauvage du Littoral ont été source d'inspiration. Curieuse de tout, je m'essaie à des genres différents : polar, roman contemporain, nouvelle, pièce de théâtre, guidée avant tout par le plaisir d'écrire des histoires.

« **Quand bruissent les ailes des libellules** » (janvier 2020, roman), aux Éditions Les Nouveaux Auteurs 2.

« **Un bien bel endroit pour mourir** » (mai 2017, polar), aux Éditions Les Nouveaux Auteurs, **« Grand Prix Femme Actuelle 2017 »** - disponible chez Pocket, juillet 2019

Le mystère de la chambre 18

Frank LEDUC

En lisière du Parc Monceau, l'hôtel des Petits Miracles n'avait jamais aussi bien porté son nom que ce soir de juillet. Suffisamment l'écart du centre pour ne pas être touristique, bien trop loin du périphérique pour être la cible des commerciaux, il attirait depuis toujours une clientèle raffinée préférant le calme à l'agitation. Depuis quelques semaines, avec les chaleurs d'été, les tee-shirts et les bermudas avaient néanmoins remplacé les vêtements plus élégants. À l'exception d'Isham, le réceptionniste, qui arborait en toute saison le même costume gris anthracite.

Dix minutes déjà qu'il attendait la nouvelle veilleuse de nuit. Elle allait être en retard et il n'aimait pas ça. Pour un premier jour, ça n'était pas sérieux. Une étudiante qui venait du fin fond de la banlieue. On ne lui en avait pas dit plus. Heureusement que le patron était parti plus tôt qu'à l'accoutumée, sinon ça aurait pu lui coûter sa place avant même d'avoir commencé. Il n'était pas du genre à badiner avec les horaires le grand manitou. D'ailleurs, il ne badinait avec rien. Ce n'était pas un patron avec qui on pouvait espérer de la camaraderie ou de la connivence, et encore moins de la clémence. Même après des années de labeur, il restait toujours aussi intransigeant. Alors Isham supputait que les jours de la nouvelle étaient déjà comptés.

Il rangea méticuleusement les affaires qui traînaient sur le bureau, s'assura que le luxueux vestibule d'entrée était impeccable et regarda une nouvelle fois sa montre. Comment pouvait-on arriver en retard pour son premier jour de travail ? Ça le dépassait. Il trépignait. Et puis, il y avait autre chose. Ce soir-là n'était pas n'importe quel soir. Evidemment, la fille n'en savait encore rien et il ne comptait pas lui en parler. Pourtant elle allait être au centre d'un plan qu'il avait savamment préparé. On était le samedi 16 juillet. Le jour, ou plutôt la nuit, la plus mystérieuse de l'année pour l'hôtel des Petits Miracles. Une drôle de coïncidence que de commencer ce soir-là. Depuis plus de cinquante ans, c'est précisément cette nuit qu'il venait. Une histoire qui se transmettait de veilleur de nuit en veilleur de nuit, et qui se reproduisait immanquablement chaque année !

Il demandait la chambre 18. Toujours la même, celle qui donnait sur le monument dédié à Frédéric Chopin, à l'ouest du parc, l'une des mieux exposées de l'hôtel. Il n'en voulait aucune autre. Pour s'assurer qu'elle soit toujours disponible, il réservait longtemps à l'avance. Une précaution inutile, car aucun des membres du personnel n'auraient attribué cette chambre à un autre client un soir de 16 juillet.

L'homme s'appelait Isaac Abensur. Du moins, c'est ce nom-là qu'il utilisait pour faire ses réservations. On retrouvait sa trace dans les archives de l'hôtel depuis le début des années 70. Cependant, rien ne disait qu'il ne venait pas déjà auparavant, seulement les registres n'existaient plus. Il arrivait systématiquement à minuit et repartait au petit matin, toujours avant six heures. Ce qui fait qu'hormis les veilleurs de nuit, personne ne l'avait jamais vu, ni dans le quartier, ni ailleurs…

À ses moments perdus, Isham avait fait des recherches sur Internet. Mais sans succès. Aucun article, aucune photo, aucune mention… Rien ! Sans la caméra de surveillance qui filmait la réception, il aurait probablement douté de son existence. Plusieurs fois, il avait visionné les images en espérant y découvrir un indice, mais il ne trouva qu'un mystère plus épais encore. On le voyait arriver, un petit cartable à la main, toujours à la même heure. Il demandait avec courtoisie la clé de sa chambre puis disparaissait dans l'escalier, pour en redescendre quelques heures plus tard, habillé exactement de la même façon. Il posait la clé sur le comptoir, un mot de remerciement pour le préposé et il filait comme une ombre. C'était comme si M. Abensur n'existait qu'une nuit par an, celle du 16 juillet et qu'il venait systématiquement la passer dans ce petit hôtel près du parc Monceau. Son visage aussi interrogeait. Au bas mot, il aurait dû avoir soixante ou soixante-dix ans, or, on lui en donnait trente au maximum. C'est un mystère qui hantait Isham depuis longtemps et qu'il comptait bien percer cette nuit, grâce à la nouvelle, d'où son impatience à la voir se présenter. C'était le bon moment, une occasion inespérée et à moindre risque. La fille ne saurait même pas de quoi il s'agissait et vu sa ponctualité, elle serait probablement renvoyée avant la fin de la semaine. Alors, un jour plus tôt ou plus tard, pour elle ça ne changerait pas grand-chose.

Immédiatement après le départ du grand manitou, il avait sciemment interverti les réservations de la chambre 18 avec la 28. Un couple d'Américains y séjournerait pour le week-end. Ça ne lui avait pris que quelques secondes, et hop, le tour était joué. L'homme allait être obligé de se démasquer. De parler, de se plaindre et peut-être, d'expliquer ! Un plan peu glorieux, certes. Le pire, c'était que la fille serait toute seule et ne pourrait rien y changer. Evidemment, la caméra de surveillance filmerait toute la scène. Alors dès demain, il n'aurait qu'à regarder et enfin, il saurait !

Grace à lui, le mystère le plus ténu de tout le quartier était sur le point de tomber !

Clémentine sortit du Métro Monceau en nage et très énervée. Elle s'était mise à courir, comme si ça allait lui permettre de rattraper sa demi-heure de retard. Angoissée à l'idée de ne pas parvenir à rester éveillée toute la nuit, elle s'était forcée à faire une sieste en fin d'après-midi. Résultat, elle ne s'était pas réveillée, et puis après, tout s'était enchaîné de travers… Elle avait raté le bus, couru jusqu'à la gare pour rater le train, et le métro s'était traîné lamentablement égrenant encore quelques précieuses minutes. Comme disait un ancien président, « les ennuis volent en escadrille[8] ».

Un travail de nuit. Elle n'avait aucune idée des conséquences que ça pourrait avoir sur elle. Elle avait trouvé l'annonce sur un site estudiantin « Petit hôtel de charme à Paris, cherche son nouveau veilleur de nuit ». Elle n'y avait jamais pensé avant, mais c'était un travail bien payé et moins contraignant que serveuse dans un bar ou un restaurant. Hormis le risque de fatigue, elle n'y voyait que des avantages. Pour cela, encore faudrait-il qu'elle ne soit pas renvoyée sur-le-champ pour être arrivée en retard dès son premier jour.

---

[8] Jacques Chirac

Lorsqu'elle se présenta devant la porte tournante de l'hôtel, elle se trouva face à un homme d'origine indienne, un costume gris visiblement trop petit pour lui et un foulard autour du cou. Elle allait le contourner lorsqu'il se décala pour lui barrer le passage. Agacée, elle leva les yeux.

— … du clame, du calme ! Vous êtes la nouvelle veilleuse de nuit, n'est-ce pas ?

— Oui.

— Bonjour, je m'appelle Isham, je suis l'un des deux réceptionnistes de jour.

— Enchanté M. Isham, je suis Clémentine et… très en retard. Je pense que M. Perez doit m'attendre !

— Rassure-toi, il n'y a que moi qui t'attends. Et c'est ton jour de chance, car si ça avait été lui, vu l'heure, il t'aurait probablement dit de repartir.

— Je suis désolée ! J'ai eu un problème de transport.

— Non, ce n'est pas toi qui as eu un problème, mais moi. Puisque j'ai travaillé une demi-heure supplémentaire aujourd'hui à cause de ça.

— Encore une fois, je suis désolée.

— La moitié du temps, tu feras le biseau avec moi, alors, arrange-toi pour que ça ne se reproduise plus.

Sans attendre une réponse à ce qui n'était pas une question, il se tourna, actionna la porte automatique, et se dirigea vers l'intérieur. Elle le suivit tout en déboutonnant le haut de sa veste.

— Voici ta place pour les huit prochaines heures, dit-il en lui montant le bureau de la réception. M. Perez a dû te le dire, tu n'es autorisée à la quitter sous aucun prétexte !

— Oui, oui, il me l'a bien dit et répété ! Il m'a dit aussi que si j'allais aux toilettes, ça ne devait pas prendre plus de deux minutes.

— C'est un maximum !

— J'essaierai de faire vite...

— Lorsque je serai parti, tu seras la seule à pouvoir déverrouiller la porte. Donc si tu n'es pas là, aucun client ne pourra entrer ou sortir.

— Ok, j'ai bien compris. Je serai là !

Il lui tendit un badge vert sur lequel était inscrit son prénom à côté du logo de l'hôtel - une petite maison au milieu du parc Monceau.

— Tiens. Ça aussi, tu dois toujours l'avoir sur toi. Maintenant, veux-tu que je te montre comment fonctionne le logiciel de gestion des chambres ?

— Non, ce n'est pas nécessaire. M. Perez m'a déjà montré, lorsque je suis venue passer mon entretien d'embauche.

— Ah, oui. Et tu vas te souvenir de tout ?

Elle s'agenouilla au sol, trifouilla dans son énorme sac au milieu des affaires de cours et des paquets de gâteaux, pour en sortir un bloc-notes.

— J'ai tout noté là-dessus, alors oui, je crois !

L'avantage avec les étudiants, pensa-t-il, c'est qu'il n'y avait pas besoin de leur expliquer cent fois les choses. L'inconvénient, c'est que la plupart du temps ils disparaissaient aussi rapidement qu'ils étaient apparus. En réalité, peu étaient capables de supporter les vicissitudes d'un travail de nuit, mais ils ne s'en apercevaient qu'après avoir essayé. Vivre à l'envers, aller se coucher alors que les autres se lèvent, laisser les fêtes et les soirées pour les copains..., à 20 ans, Isham pensait même que c'était contre-nature. Qu'il fallait avoir enterré ses illusions d'enfant pour vivre en négatif de la société. Et il espérait que ce n'était pas encore le cas de cette jeune fille.

— Je peux t'appeler Clem ?

— Pourquoi ça ?

— Ben... je ne sais pas, parce que c'est plus court ?

— En vous appliquant un peu, vous devriez réussir à m'appeler par mon prénom en entier, sans trop rallonger votre temps de travail, je pense.

Elle avait du répondant, ça au moins c'était un point pour elle, approuva-t-il en silence.

— Très bien, Clémentine... Si tu as un souci durant la nuit, le numéro personnel de M. Perez est noté à côté du téléphone. Mais assure-toi avant qu'il s'agit d'un problème qui ne peut pas attendre, car il n'apprécie pas beaucoup d'être réveillé en pleine nuit. Comme tout le monde, je suppose.

— Ça devrait aller, merci !

— J'en suis persuadé. Ton remplaçant arrivera vers sept heures. J'espère qu'il sera plus ponctuel que toi, sinon tu devras travailler un peu plus.

— Ce n'est pas grave, je ferai ce qu'il faut.

Malgré son jeune âge, elle lui paraissait suffisamment sûre d'elle pour tenir le coup, du moins pour une première nuit. Il regrettait déjà le coup pendable qu'il lui avait tendu avec l'inversion des chambres. Elle allait se retrouver dans une situation inextricable, avec ce client étrange, un vampire peut-être, et à cause de lui. Il aurait bien fait machine arrière, mais c'était un peu tard. Elle allait devoir se débrouiller avec le mystérieux M. Abensur. A court de recommandations, il prit son cartable dans un placard et lui serra la main. En quittant l'hôtel, il jeta un regard coupable vers la caméra de surveillance. Secrètement, il espérait que l'homme ne viendrait pas, ou bien que le numéro de la chambre n'eût finalement pas une grande importance pour lui. Il ne savait pas à quel point, il se trompait !

Une épaisse moquette amarante et des moulures au plafond donnaient à l'entrée une impression de luxe. Face à la réception, un haut vase antique débordant de glaïeuls reposait sur un guéridon de style renaissance en bois précieux. Un grand lustre, une tapisserie murale vert pastel et une reproduction du Cri d'Edouard Munch, accentuaient le côté rustique parisien.

22h45. La nuit avait lentement enrobé le parc Monceau et les rues adjacentes. Elle épingla le badge bien en évidence sur le haut de sa chemise.

Clémentine
Veilleuse de nuit.

Il s'agissait des deux informations que les clients de l'hôtel des Petits Miracles avaient besoin de connaître à son sujet. Durant la première heure, elle ne veilla pas grand-chose. Quelques arrivées, des sorties, des demandes de renseignement pour le métro, le cinéma ou les restaurants, des réservations de taxis, des couples qui voulaient une chambre pour une heure, maximum... M. Ramirez avait demandé expressément de ne jamais louer dans ce cas de figure, même si légalement, elle n'avait pas réellement le droit de refuser. De toute façon, ce soir-là l'hôtel était complet, alors elle n'avait pas besoin de mentir.

Ce n'est qu'à l'approche de minuit que l'affluence s'estompa. Comme si les gens avaient enfin décidé ce qu'ils allaient faire, entre sortir, rentrer, ou faire l'amour. Sur son écran, il ne lui restait plus qu'un seul client à accueillir. Un certain M. Isaac Abensur. Un drôle d'horaire pour arriver à l'hôtel. Sûrement un représentant de commerce, ou quelqu'un qui allait sortir tout droit d'une soirée alcoolisée dans la capitale.

Elle profita d'être enfin seule pour sortir ses cahiers et se plonger dans ses révisions. Ce travail était vraiment idéal pour concilier avec ses études. Quelques minutes plus tard, elle était si concentrée qu'elle en avait presque oublié où elle se trouvait. Elle n'entendit pas la porte se déverrouiller toute seule, ni ne vit changer la luminosité de la pièce.

Comme un fantôme, un homme très élégant entra dans la pièce.

L'entrée de l'hôtel des Petits Miracles était plongée dans une demi-pénombre. Le grand lustre aux trente-six ampoules était éteint et seules des veilleuses situées de chaque côté, ainsi que la lampe basse de la réception restaient allumées. L'ombre s'approcha de la jeune fille en silence et se posta devant elle plusieurs secondes avant de parler.

— Vous étudiez quoi, mademoiselle ?

En équilibre sur les deux pieds de sa chaise, Clémentine fut si surprise par cette apparition qu'elle failli basculer en arrière.

— Excusez-moi, je ne voulais pas vous effrayer.

L'homme, grand, châtain, l'allure jeune, devait avoir une trentaine d'années. Un manteau gris bien taillé, un foulard fin et une paire de lunettes rondes posée au milieu du nez. Elle trouvait qu'il ressemblait à s'y méprendre à Jude Law.

— C'est moi qui m'excuse, je ne vous ai pas entendu arriver...

— Alors ? Vous étudiez quoi ?

— Eh bien... la psychologie.

— La psychologie... ?

— Oui.

— Vous voulez être psychologue ?
— Pas nécessairement, mais dans ce milieu-là, oui.
— Vous êtes en quelle année ?
— Quatrième.
— Alors vous avez fait le plus difficile.
— Il paraît, oui.
— Vous êtes nouvelle ici ?
— C'est ma toute première nuit.
— Je ne suis pas votre tout premier client quand même ?
— Presque… Vous avez réservé une chambre ?
— Oui.
— Heureusement, parce que l'hôtel est complet. Vous êtes Monsieur ?
— Isaac Abensur.

Bien qu'elle sache exactement qu'il était le dernier client qu'elle attendait, elle fit mine de vérifier sur son écran, pour se donner une contenance, puis lui demanda sa carte de crédit pour les extras.

— Il n'y aura pas d'extras, dit-il en lui tendant néanmoins sa carte.
— Je suis désolée, mais c'est la procédure ici.

Après l'avoir dûment enregistré, elle lui rendit avec un petit guide de l'hôtel et un plan de Paris.

— Voici votre clé, M. Abensur. Ça sera la chambre numéro 28. Elle se situe au deuxième étage.

Il reprit sa carte et la regarda d'un air amusé.

— Il doit y avoir une erreur, j'ai réservé la chambre 18.

— Ah…, oui ? Pardon…, répondit-elle surprise en vérifiant ce qui avait été prévu.

Après un temps, elle confirma.

— Je crains que la chambre qu'on vous a attribuée ne soit la 28…

— Je réserve toujours la 18.

Elle sourit et fit mine de vérifier à nouveau qu'elle ne se trompait pas.

— Malheureusement, elle est déjà occupée.

L'homme resta sans réaction et semblait embarrassé.

— Je suis navré, mais pour ce soir il va falloir vous contenter de la 28. J'essaierai de faire le nécessaire dès demain matin auprès de mon collègue, pour que vous puissiez vous installer dans la 18, comme vous en avez l'habitude.

— Demain, je ne serai plus là…

— Ah…, oui. Décidément, je n'en rate pas une !

Il sourit à son tour.

— Pour ce soir, malheureusement c'est trop tard, vu l'heure qu'il est, les gens qui l'occupent doivent déjà dormir.

— Il va falloir les réveiller, pour vérifier…

— Oh non M. Abensur, je ne peux pas faire ça.

— Je plaisantais.

— Ah… Tant mieux, avoua-t-elle en masquant son embarras. C'était si important que ça d'avoir la 18 ?

— Ça l'était pour moi. Je réserve cette chambre tous les ans, le 16 juillet.

— Elle a quoi de particulier ?

— Rien.

— Encore une fois, je suis désolé Mr Abensur, confirma-t-elle. J'espère que vous dormirez bien quand même.

— Ça m'étonnerait, mais je vais vous faire une confidence, je ne loue pas cette chambre pour y dormir.

— Ah non, et vous la louez pour quoi alors ?

Il ne répondit pas, mit le badge dans la poche de sa chemise, puis repoussa le guide de l'hôtel vers elle, « je connais déjà ». Il lui souhaita une bonne nuit, puis se dirigea vers les escaliers.

Deux heures du matin. Le silence était assourdissant. Pourtant Clémentine n'arrivait pas à maintenir son attention sur ses révisions. Ne rien entendre était une situation anormale à laquelle elle n'était jamais confrontée et ça provoquait en elle, une oppression inattendue. Pas le moindre ronronnement de réfrigérateur, de soufflerie de climatiseur, aucune vibration du dehors, rien. Pas de bruit, le vide sidéral ! Ce n'était pas la mort, mais elle avait le sentiment de ne plus tout à fait faire partie du monde des vivants non plus. L'intrusion d'une petite fenêtre sur l'écran face à elle, attira son attention. La chambre n° 28. Jude Law était en train de téléphoner. Il était étrange ce drôle de type. Pourquoi louer une chambre chaque année, le même soir, dans le même hôtel, pour ne pas y dormir ? Et puis, qu'est-ce qu'il pouvait bien faire dans cette chambre ? Il y avait une énigme là-dessous et dans sa difficulté à se concentrer, on ne peut pas dire que ça l'aidait beaucoup. Indépendamment d'elle, son esprit travaillait sur la question et ça lui piquait de l'énergie. À qui donc pouvait-il téléphoner à cette heure de la nuit ? Elle aurait bien aimé décrocher son combiné pour écouter ce qu'il racontait, mais elle ne connaissait pas le matériel et redoutait qu'un témoin sonore ne trahisse sa coupable curiosité. À regret, elle se replongea dans son travail en essayant d'oublier ce mystère qui ne la concernait pas.

Quelques minutes plus tard, le témoin disparut de l'écran. Conversation terminée. Il n'allait pas rester en ligne toute la nuit non plus *the Young pope*. Elle se leva, fit quelques pas jusqu'à la porte pour regarder au-dehors. La nuit semblait plus épaisse que d'habitude et l'éclairage public avait été éteint. Sur le trottoir d'en face, des petits yeux brillants l'observaient, tapis au sol derrière une borne de *Vélib'*. Elle imaginait que ça devait être un chat ou un rat. C'était peut-être un démon, de mèche avec Jude Law, qui la guettait pour prendre possession de son âme ?

Elle retourna s'asseoir, décrocha le téléphone, puis composa le 28. Pourquoi avait-elle fait ça ? Elle aurait été incapable de le dire. Dès la première sonnerie, elle changea d'avis et raccrocha brutalement. « Non mais, ça ne va pas bien ma pauvre fille ! ». Elle espérait que ça n'ait pas sonné dans la chambre, ou bien qu'il n'ait pas entendu. « qu'est-ce que tu veux qu'il te raconte…, qu'il est un vampire ? Un assoiffé de sang de veilleurs de nuit ? ». Elle attendit quelques secondes en regardant l'écran. Puis rassurée, reprit sa lecture à l'endroit où elle l'avait laissée. Je ne sais pas si je vais pouvoir faire ce boulot longtemps, sans devenir folle, soupira-t-elle. À peine eut elle terminé sa réflexion, que le téléphone sonna. Appel – chambre 28, indiquait l'écran. Son cœur se mit à battre plus fort. Après quelques instants, elle décrocha et prit le ton le plus distancié possible.

— Réception, j'écoute…

— Bonsoir mademoiselle, vous m'avez appelé ?

Inutile de nier, elle était démasquée.

— Euh… oui, oui. J'ai vu que vous étiez au téléphone. J'en ai déduit que vous ne dormiez pas.

Elle se trouva ridicule.

— Je voulais m'assurer que vous n'aviez rencontré aucun problème avec la chambre ?

— Quel problème voudriez-vous que je rencontre ?

— Je ne sais pas. Comme ce n'est pas celle que vous aviez réservée...

— Elle est presque pareille.

— Tant mieux ! Bonne soirée M. Abensur.

Elle raccrocha, affreusement gênée. Ça ne servait à rien de s'éterniser, elle s'était déjà suffisamment déconsidérée comme ça. Et puis il allait finir par penser qu'elle le draguait… Reprendre son calme, son rythme…, reprendre le cours normal de sa nuit. Elle s'en fichait de ce type et de cette histoire.

Le téléphone sonna à nouveau. Appel – chambre 28. « Il ne va pas me lâcher ». Enervée, elle décrocha.

— Réception, j'écoute…

Il ne parla pas immédiatement.

— Je peux vous aider M. Abensur ?

— J'appelais mon père…

— Je vous demande pardon ?

— C'est bien ça qui a provoqué votre curiosité, n'est-ce pas ?

— Non, pas du tout je m'inquiétais juste pour la chambre. Je voulais m'assurer qu'il n'y avait pas de…

— Eh bien…, j'appelais mon père !

Ne sachant pas quoi dire, elle le laissa poursuivre.

— Je savais qu'il ne dormait pas.

— Ah non ?

— Non !

— Pourtant vu l'heure, on aurait pu le penser…

— Je lui ai dit que c'était la dernière fois !

— La dernière fois…, que quoi ?

— Que je passais la nuit du 16 juillet à l'Hôtel des Petits Miracles, dans la chambre 18.

— Surtout que vous n'y êtes même pas dans la chambre 18…, elle regretta immédiatement d'avoir dit ça.

— J'ai préféré garder cet aléa pour moi, reprit-il après un court instant.

— Comment a-t-il pris votre décision ? Demanda-t-elle avec le ton de celle qui en savait plus qu'en réalité.

— Il a pleuré.

— Oh…, je suis navrée.

— Vous n'y êtes pour rien.

Il y eut un long silence. Celui-ci aurait pu paraître gênant, pourtant à cet instant précis et pour des raisons différentes, aucun des deux n'avait envie de raccrocher.

— Est-ce que je peux descendre parler avec vous, Clémentine ? Même si vous n'êtes pas encore officiellement psy ?

Sans son manteau, elle le trouvait nettement moins intimidant. Il tenait une cigarette entre ses lèvres mais ne l'avait pas allumée. Il cherchait ses mots. Peut-être était-ce la première fois qu'il parlait de la raison qui l'amenait ici, chaque année. Un destin familial hors norme, qui semblait tout droit sortie d'un livre d'Histoire. Clémentine avait refermé ses cahiers.

— Cela s'est passé il y a un peu moins de quatre-vingts ans. Paris était alors soumis. C'était dans la nuit du 16 juillet 1942.

— Dans la chambre 18 ?

— Oui. Enfin…, pas tout à fait. À cette époque, l'immeuble n'était pas encore un hôtel, il ne l'est devenu que bien plus tard.

— C'était quoi alors ?

— C'était une pièce parmi d'autres, dans une bâtisse qui comptait peu d'habitants car le toit s'était effondré. Lorsqu'il pleuvait, l'eau s'infiltrait de partout. Aujourd'hui, on dirait qu'il était insalubre. Néanmoins, cette ruine était précieuse pour de nombreuses familles qui s'y étaient réfugiées. La police le savait, bien sûr, mais elle fermait les yeux. Du moins, jusqu'à cette triste nuit.

— Que s'est-il passé ?

— Une rafle avait été décidée. Toutes les familles juives devaient être déportées.

— Vers le Vel d'hiv ?

— Oui, répondit-il surpris.

— J'ai étudié ce triste événement à l'école.

— Mais le Vel d'hiv n'était pas la destination finale. Il n'a été qu'un gigantesque centre de tri. Durant deux jours, les policiers sont passés chercher, immeuble par immeuble, des familles qu'ils connaissaient déjà, pour la plupart.

— Et ils n'ont pas oublié le vieil immeuble délabré ?

— Non. Dans cet immeuble, à l'emplacement exact de la chambre 18, il y avait mon père, un gamin de dix ans, sa petite sœur Louisa, ses parents Samuel et Esther et sa grand-mère Hanna.

— Ils ont été arrêtés ?

— Oui. Pourtant, ils n'avaient rien fait. Les policiers leur ont dit qu'ils allaient être dirigés vers des zones à l'extérieur de la ville, mais qu'ils ne seraient pas séparés. Ils ne pouvaient pas imaginer. À ce moment-là, très peu de personnes savaient ce qui se passait vraiment. Néanmoins, au dernier moment, ma mère a eu un mauvais pressentiment. Elle a caché mon père dans l'une des armoires derrière un tas de vêtements. Elle lui a dit de rester là et qu'elle reviendrait le chercher dès qu'elle le pourrait.

Des sanglots dans la voix, Clémentine comprit rapidement quelle avait été la suite de l'histoire.

— Il est resté seul ou presque durant plus de deux ans. La chambre 18 était devenue son refuge et sa prison. Il a attendu, comme un enfant de dix ans peut attendre sa mère. Un commerçant du quartier, qui l'avait repéré, lui portait de la nourriture de temps en temps. C'est lui qui est venu le chercher, en août 1944, lorsque la ville a été libérée.

— A-t-il retrouvé sa famille ?

— Au début, il a cherché à avoir des nouvelles auprès de leurs anciens voisins. Mais tous semblaient presque les avoir oubliés, comme s'ils n'avaient jamais existé. Une amnésie collective, malheureusement ressentie par beaucoup de personnes de cette époque.

Il s'interrompit un moment. Il avait la gorge serrée. Elle aussi. Elle sentit des larmes s'évader le long de ses joues en regardant l'entrée du petit hôtel. Les décorations, les moulures restaurées, le tableau de l'homme au cri, l'escalier qui menait vers les refuges, lui jouaient désormais une tout autre musique. Les pierres ont-elles une mémoire ? Une âme ? Si oui, nombre d'hôtels parisiens doivent avoir des histoires bien sombres à relater.

— Quelques mois après la fin de la guerre, les listes des victimes et des rescapés de cette rafle sanglante furent publiées. La première était de loin la plus longue. Toute sa famille en faisait partie. Pas d'exception. Quatre noms sur un formulaire, c'est tout ce que ces ordures avaient noté d'eux. Son monde d'enfant avait été détruit. Sans raison, si ce n'est celle de la folie des hommes. Son passé, son présent et son avenir, n'étaient plus que poussière. Il n'y a pas eu de cérémonies, pas d'obsèques, pas de corps, pas de pleurs, pas de prêches, pas de cimetières non plus, alors, je crois qu'il s'est attaché à cet endroit au-delà de la raison. Il y venait souvent. Il en avait besoin. Un rituel dérisoire, mais qui avait beaucoup d'importance pour lui.

— Je comprends…

— Mon père a été héroïque, car il a réussi à vivre, comme on continue de pédaler pour ne pas tomber, sinon je ne serais pas là.

— Dans les pires moments, la vie prend toujours le dessus.

— Vous avez raison, mais on ne le sait que bien après. Le temps embellit les événements, les idéalise, mais parfois dans des situations particulières, elle les fige à jamais ! Pour mon père, cette chambre 18 représente la famille qu'on lui a volée. La haine a fini par s'estomper, pour ne laisser que la tristesse et le manque. Lorsqu'il pénétrait dans cette pièce, il ressentait la présence de tous ceux qui avaient veillé sur lui.

Il s'interrompit et prit un des petits guides de l'hôtel qui titrait sur le lieu où tous les miracles étaient possibles.

— Notre mémoire à un rapport au temps qui consomme du passé et des événements, mais parmi ceux-ci, les drames finissent toujours par s'estomper. Pour moi, cette pièce c'est…, juste celle de mon père ! Si je connais son histoire, elle n'est pas la mienne. C'est là qu'il venait se souvenir de sa famille. Moi, je ne les ai pas connus, je viens seulement pour lui.

— C'est ce que vous lui disiez tout à l'heure ?

— Oui. Aujourd'hui, il est très âgé. Cela fait longtemps qu'il ne peut plus se déplacer, sinon il viendrait toujours ici. Sa vie a été riche, entière. Il a été heureux, par moments, malgré tout. Je crois qu'il est temps de mettre un terme à cette malédiction familiale. Vous me comprenez ?

— Oui, je crois. Même si c'est impossible de me mettre à votre place.

— Je souhaite que vous n'ayez jamais à le faire. Ni vous ni les enfants que vous aurez peut-être un jour. Les pierres peuvent perdre la mémoire, se barder de nouvelles tentures, dit-il en regardant autour de lui, mais nous ne devons jamais oublier ce que les hommes sont capables de faire.

Ils restèrent un long moment, sans parler. Bien sûr, elle connaissait déjà un peu cette période et son cortège d'abominations. Comme tous ceux de sa génération, elle les avait plus ou moins étudiées à l'école, avec le filtre édulcoré d'un passé qu'ils ne connaîtraient jamais. Cette nuit-là, un passé bien réel lui avait brutalement sauté au visage.

Il avait quitté l'hôtel des Petits Miracles, au lever du jour. Comme prévu. Il avait remercié et enlacé Clémentine, un long moment. Un adieu qui ne s'adressait probablement pas qu'à elle.

Plus tard, elle était partie à son tour. Un peu différente, un peu la même. De cet homme dont elle ne connaissait rien, elle avait reçu son héritage le plus précieux : sa mémoire. En retour, elle lui avait donné bien peu, son écoute.

Sur l'avenue, elle regarda différemment le porche des immeubles, les façades, leurs fenêtres. Les gens pensaient tout connaître de leur quartier. Imaginaient-ils être là pour l'éternité ?

En une nuit, Clémentine avait pris conscience que chaque lieu de Paris, ou d'ailleurs, était habités d'une mémoire. D'un temps riche, sombre, centenaire, millénaire parfois... Là où nous vivons, d'autres ont déjà vécu. Ils se sont aimés, ils ont donné la vie et pleuré, ils se sont déchirés et ils sont morts. Des destins joyeux, tristes, dramatiques, héroïques, dont il ne reste rien, si ce n'est notre mémoire.

Elle s'engouffra dans le métro. Station Monceau. Elle regarda sa montre. Elle allait être en retard.

Frank Leduc vit depuis plusieurs années dans le Sud-ouest de la France où il exerce la profession de formateur et coach en management.

Passionné d'Histoire, de sport et de nature, il consacre l'essentiel de son temps libre à l'écriture. En 2018, il remporte le Grand Prix Femme Actuelle pour son premier roman « *Le chaînon manquant* » publié aux éditions Les Nouveaux Auteurs – Prisma Média.

Son second roman « *Cléa* » inaugure en juin 2019 le nouveau label Les Nouveaux Auteurs2.

À paraître : *La mémoire du temps*.

La 13ème paire

Emilie RIGER

Alexis se retrouvait avec un corps sur les bras, et cela ne lui plaisait pas du tout. Il trimballait déjà dans son sac à dos beaucoup trop de petits carnets, un par enquête sous sa responsabilité, et il allait devoir en ouvrir un nouveau. Le poids en devenait insupportable. Non pas les deux cent cinquante grammes et quelques de papier, mais le fardeau de toutes ces vies coupées nettes en pleine ascension, comme un soufflé joliment gonflé, alléchant derrière la vitre du four, qui retombe brusquement avant d'avoir pu être dégusté.

Ce corps-là avait une particularité, il était pieds nus. En soi, ce n'était pas si original. Cela le devenait quand il s'agissait d'une femme à l'allure de princesse : jamais elle n'aurait pris le risque de filer ses bas de soie sur le bitume du trottoir. L'instinct d'Alexis avait tranché : il voulait découvrir l'histoire des chaussures portées par la dame au moment de son trépas. Il avait donc entamé la sempiternelle collecte d'indices par l'hôtel voisin et réussi à identifier la victime comme une cliente. Ses questions se concentrant aussitôt sur le point qui le turlupinait, on l'avait dirigé vers le portier de nuit. Non seulement il était probablement à son poste lors de l'arrivée de la belle, mais en plus tous ses collègues s'accordaient à dire qu'il était spécialiste du sujet. Alexis repartit, tua les heures de la journée et d'une grande partie de la nuit en paperasses et démarches, et revint peu avant l'aube pour trouver son expert planté dignement à côté de l'entrée, manifestement averti de son problème.

La nervosité de l'homme dissonait, incongrue dans le hall luxueux où ils se tenaient face à face. Il affichait le teint lunaire des travailleurs de nuit. Son sang privé de soleil ne parvenait plus à rosir sa peau, son sommeil dans le chaos du jour échouait à effacer les cernes pochés qui le vieillissaient. Pourtant, Alexis avait l'intuition que ce décalage horaire perpétuel entre le monde et lui laissait le portier indifférent. Quelque chose brillait dans ses yeux grands ouverts sur les rêves des autres. Une étincelle réveillait son visage et intriguait Alexis.

– Vous vous appelez bien Louis ?

Un regard méprisant se posa sur ses baskets. Elles dénotaient dans ce lieu impressionnant où près d'un siècle d'histoire s'épanchait sans vergogne, Alexis lui-même l'admettait.

– Oui.

Alexis revint à l'uniforme au flegme imperturbable planté devant lui, prit le temps d'observer à son tour les chaussures de son vis-à-vis. Une forme classique, il avait le nom sur le bout de la langue, mais il se refusait à sortir malgré son froncement de sourcils concentré.

— Des Richelieu.

Il fixa l'étrange portier du Bristol et sourit.

— Voilà, Louis. C'est exactement pour ça que j'ai besoin de vous.

La concierge en chef du palace parisien s'approcha des deux hommes. Ils parlaient tout bas, au rythme de leurs pensées, une conversation décousue probablement suspecte aux yeux des clients qui passaient.

— Ne restez pas là, s'il-vous-plaît. Louis, veuillez emmener monsieur au bar, ce sera plus discret.

Ils s'inclinèrent sans discuter face à l'unique femme occupant le poste de concierge d'un palace dans la capitale : cette exception méritait qu'on lui obéisse respectueusement. Ils longèrent le hall dont les losanges noirs imbriqués dans des carreaux blancs rythmaient l'espace. Alexis s'arrêta devant une toile, perplexe. Elle lui rappelait le style d'un grand peintre.

— C'est une copie ? hasarda-t-il.

L'expression choquée de Louis fut sa première réponse.

— Aucune copie n'a sa place au Bristol, monsieur. Il s'agit de toiles de maîtres issues des réserves du Musée du Louvre. Elles furent vendues aux enchères dans les années 1930.

Évidemment. Même les œuvres du plus grand musée du monde étaient achetables, au Bristol.

Alexis admit une fois pour toutes qu'il évoluait dans une dimension parallèle à son univers habituel et suivit docilement Louis dans un coin du bar à l'abri des regards, leurs pas soudain assourdis par de lourds tapis. Il se laissa tomber avec délice dans le gros fauteuil club patiné. Baskets ou pas, il avait suffisamment arpenté les rues cette nuit pour avoir mal aux pieds. Ses carnets avaient continué à se noircir, son esprit à s'alourdir, et le tout lui tombait dans les jambes à l'instant.

— Louis… Vous voulez bien vous asseoir, s'il-vous-plaît ? Sinon vous allez me condamner au torticolis.

Son noctambule pâlichon obtempéra timidement. Entre ces murs, il avait l'habitude de se tenir au garde-à-vous, pas de se reposer.

— Depuis combien de temps travaillez-vous ici, Louis ?

— Vingt ans. Bientôt vingt-et-un.

— Vous aimez cet hôtel ?

— Ce n'est pas un simple hôtel, monsieur, c'est un palace. Le premier à avoir eu droit à ce titre en France… Oui, je l'aime.

Alexis s'était agacé ce matin du langage trop onctueux des employés de l'hôtel. Mais dans les phrases de Louis, les « monsieur » se glissaient comme des virgules, amenant des pauses lénifiantes.

— Pourquoi ?

La question, concise, paraissait abrupte, mais la voix d'Alexis gardait sa souplesse. Il essayait d'apprivoiser Louis.

— Parce que son histoire est belle.
— Quel est votre épisode préféré ?
Louis n'eut pas à réfléchir. En même temps, vingt années passées sous la lune, vissé à côté de la porte à tambour à la poignée de laiton doré, avaient dû lui suffire pour faire le tri.

— Durant la Seconde Guerre Mondiale, c'est le seul grand hôtel à avoir évité la réquisition des Allemands. Son propriétaire, monsieur Jammet, hébergeait gratuitement les membres de l'ambassade américaine pour y échapper. Il abritait aussi Léo Lehrman, un architecte Juif. Il vivait caché dans la suite 106, et ne sortait qu'à l'abri de l'obscurité, pour travailler aux plans d'embellissement du bâtiment. Et Anne Morgan, la fille d'un riche banquier, dissimulait ici des Juifs pendant une ou deux nuits, le temps de leur faire accéder à un réseau clandestin qui les menait jusqu'à New-York. C'est un hôtel... héroïque.

Louis n'avait pas débité sa tirade comme une leçon commerciale bien apprise, des points de suspension avaient pausé ses mots. Il racontait un épisode de ce lieu qui lui tenait vraiment à cœur, et Alexis aurait parié sa paire de baskets qu'il avait été en pèlerinage dans la chambre 106. Il disait vrai : il était heureux de travailler ici, au 112 rue du Faubourg Saint-Honoré, à Paris. Il se détendait et Alexis chercha comment continuer sans le brusquer.

— Vous habitez loin, Louis ?
— Non, à deux pas.

Alexis fut surpris. Ils se trouvaient au cœur d'un des quartiers les plus luxueux de Paris. Si son salaire permettait à Louis de vivre dans ce carré d'or entre la Concorde et le Musée du Louvre, juste en face du palais des Champs-Elysées, alors il allait réfléchir très sérieusement à une reconversion professionnelle.
— Expliquez-moi, demanda-t-il simplement.
— C'est grâce aux rêves de mon père.

Le visage de Louis exprimait un poignant mélange de tendresse et de nostalgie. Alexis se pencha en avant : depuis l'enfance, il aimait les histoires et il avait vraiment envie d'écouter celle-ci, de remonter jusqu'à la source d'une douceur si mélancolique. Louis haussa les épaules.

– Mon père était maître-bottier. Son atelier était un peu plus loin dans cette rue. Il voulait chausser les femmes et les hommes de la capitale avec des souliers cousus main.

Louis avait toujours connu son père voûté. Il le voyait encore dans ses souvenirs de minot, essayant, malgré sa douleur grimaçante, de se redresser dans son lourd tablier de cuir. Le soir à table, il chuchotait avec des soleils dans la voix : « Moi aussi, quand je serai grand, je fabriquerai des chaussures ! ». Le doux regard de son père, habitué à se baisser humblement sur les bottines des autres, se relevait alors avec une petite lumière qui rappelait à Louis la douceur feutrée du nubuck. Sa mère rompait le charme en lui ordonnant de se tenir droit. Les mots le cinglaient depuis sa bouche aux coins tirés vers le bas. Comme si la voussure de son mari se devait de faire dégringoler quelque chose chez elle aussi : il avait fallu que ce soit son sourire.

— Je suis désolé, je vous embête, s'interrompit brutalement Louis en les arrachant tous deux à la musique de ses souvenirs.

— Non, au contraire. Votre histoire me plaît, protesta Alexis. Continuez, s'il-vous-plaît.

Louis eut du mal à reprendre le fil. Il était de nouveau conscient de la situation. Lui, en uniforme, assis au bar d'un des plus grands palaces du monde, en train de raconter sa vie à un inconnu. L'habitude de se plier à tous les caprices des clients sans sourciller ? Il scruta le visage d'Alexis.

Derrière la fenêtre, le jardin à la française renaissait au lever du soleil. Les plumes de paon emblématiques du bar du Bristol commençaient à jouer leurs notes irisées bleutées, ombrées de vert. Alexis avait le sentiment d'avoir traversé un vortex pour atterrir dans une autre dimension. À 600 mètres de là, les autobus remplis de touristes noirciraient bientôt de leurs gaz d'échappement les façades et les arcades de la rue de Rivoli. Des milliers de personnes se bousculeraient sur les trottoirs, s'écraseraient les pieds dans les galeries souterraines du Carrousel pour atteindre la pyramide du Louvre. La place de la Concorde disparaîtrait sous un tapis de métal klaxonnant jusqu'au soir. Mais ici, les chérubins de la fontaine cueillaient les premiers rayons de soleil au réveil matinal des étourneaux. C'était la véritable nature du luxe aux yeux d'Alexis. Pas la piscine en teck du toit reproduisant la silhouette d'un voilier des années 20, avec vue sur le Sacré-Cœur. Pas le mobilier Louis XV et Louis XVI, si précieux qu'on osait à peine s'en servir. Pas le restaurant quatre étoiles au Michelin où même le persil frisait de façon symétrique. Non, définitivement, la fortune tenait dans ce droit au silence et à une verdure chatoyante de vie en plein cœur de la capitale.

Louis vérifia l'heure à son poignet. Il déposa sa casquette à côté de lui sur le velours de la banquette, puis défit un à un ses boutons cuivrés. Il plia soigneusement sa veste, emboîtant les épaulettes pour leur garder un bombé parfait.

– J'ai fini mon service. Cette tenue est déplacée ici, elle perturbe mes collègues et les clients, affirma doucement Louis.

Alors Alexis se leva et gagna le bar, commanda deux cafés. Le barman lui tendit une carte à trois volets lui proposant un tour du monde. Il était beaucoup trop tôt, ou trop tard, dans la nuit d'Alexis pour de tels voyages. Il voulait juste un café, un simple café.

Il revint s'asseoir, sentant la fatigue plomber son corps, son lit lui manquait atrocement. À vrai dire, n'importe quel espace horizontal et vaguement moelleux lui aurait suffi. Dans le même temps, Alexis se sentait bien avec Louis. Il aimait son histoire, et il aimait sa voix, basse, sereine, et « vallonnée », c'est le mot qui lui venait à l'esprit. Les émotions de Louis épousaient la tranquillité des reliefs de collines verdoyantes, sans excès montagneux, loin des chutes abruptes d'une falaise. D'ailleurs il attendit patiemment l'arrivée de leurs boissons pour reprendre.

— Mon père a cessé d'essayer de se redresser quand ma mère l'a quitté pour un coiffeur. Apparemment, elle trouvait plus noble de tripoter les cheveux des gens. J'ai continué à grandir dans l'atelier où seul son lourd tablier de cuir tenait encore papa debout. (Louis ferma les yeux.) Je me rappelle les bruits. Son marteau à frapper moulait les peaux sans les blesser. Les semences venaient buter sur la première semelle de montage dans un tintement métallique. La râpe éminçait le liège de remplissage des talons dans un frottement cotonneux. Un morceau de verre brisé usait la fleur des cuirs. J'accrochais mes regards à chacun de ses gestes. Il y avait les odeurs, aussi. Celle des peaux, du nylon poissé, des clous, des formes en bois. J'apprenais par les yeux et les oreilles un savoir-faire ancestral que j'étais impatient de mettre en œuvre à mon tour. Quand ma mère me manquait, ou que la journée d'école m'avait encombré de chagrins, je rêvais que mon père me calait sur son tablier pour ressemeler mon cœur et lui permettre de repartir à neuf. Alors le soir, je tenais la boutique. Debout derrière le comptoir qui avait écœuré ma mère, je souriais aux clients, rendais les chaussures réparées, accueillais de nouvelles blessées, distribuais des conseils d'entretien et faisais sonner la caisse enregistreuse.

— Vous étiez heureux ? demande Alexis dans le silence hanté de légers coups de marteau qui les enveloppe alors.

— Oui, répondit franchement Louis. Oui, j'étais heureux. Mais pas mon père : elle l'avait quitté. La boutique portait les séquelles de ses rêves avortés, depuis les luxueuses étagères d'acajou aux éclairages tamisés à l'enseigne « Aux souliers de vair – Maître bottier ». Les fantômes de chaussures cousues main se heurtaient chaque jour aux boîtes de cirage industriel, aux brosses à lustrer synthétiques et aux embauchoirs préfabriqués. Il avait échoué à conquérir cette clientèle qu'il avait rêvé de chausser et humblement rajouté « cordonnier » sur la vitrine pour nous nourrir. Ma mère était partie à cause de ça : elle avait épousé un artisan d'art propageant le luxe, pas un gentil Gepetto passant ses journées dans les odeurs de pied.

Louis observa les dessins déposés au fond de sa tasse vide. Alexis ressentait sa tristesse, héritage d'un père qui avait dû renoncer. La résignation marque toujours un homme d'un film gris plissant son front et courbant sa nuque.

Mais il peinait à comprendre ce goût excessif pour la magnificence. Ses baskets étaient parfaites : pratiques, résistantes, confortables. Un peu branchées même, des Stan Smith, une marque légendaire. Que lui apporterait de plus du fait-main ? Existait-t-il vraiment une différence, où était-ce un simple caprice pour flatter l'ego de quelques élus ? Louis lui fit signe de le rejoindre sur la banquette. Pendant leur discussion, le bar s'était peu à peu rempli. Surtout des hommes en costume - probablement sur-mesure eux aussi. Louis désigna discrètement un client assis nonchalamment sur un des hauts tabourets, son pied reposant sur le barreau du siège voisin.

— Monsieur porte des John Lobb, énonça respectueusement Louis. Elles viennent sans aucun doute de l'atelier situé rue de Mogador, créé en 1899. Il a d'abord rencontré un maître-formier pour un relevé exact des mesures et de la silhouette de son anatomie. Une réplique a été sculptée dans du bois de charme. Une chaussure d'essayage a été confectionnée. Elle permet d'ajuster parfaitement le chaussant à la ligne du pied, pour éliminer toute pression inutile. Ensuite ont lieu le patronage et la levée du cuir pour la confection de la tige, c'est-à-dire tout le dessus de la chaussure. Des embauchoirs sur mesure, moulés sur les formes en charme du début, sont créés, afin que cette adéquation parfaite soit conservée tout au long de la vie de ces Derby. Tige et semelle sont assemblées par un montage Goodyear, impliquant l'utilisation d'une trépointe : elle permet de ressemeler la chaussure autant de fois que nécessaire. Il faut environ cent quatre-vingt-dix manipulations ou « prises en main » pour parvenir à une telle perfection.

Alexis regarda les pieds de l'homme d'un autre œil. Il l'enviait presque, désormais. Était-il possible d'avoir mal aux pieds dans ces chaussures magiques ? En tout cas, il ne devait connaître ni ampoule ni cors. Pas même un contrefort trop raide qui cisaille le talon ou une irritation provoquée par une couture. Quelle sensation pouvaient bien procurer toutes ces attentions ? Probablement celle qu'Alexis ressentait en s'enfonçant dans le douillet canapé de son salon : un berceau moelleux parfaitement moulé à son corps. Louis sourit légèrement avec un regard en coin comme s'il suivait sans peine le cheminement des pensées d'Alexis. Puis il reprit en désignant un nouveau venu.

— Ce monsieur porte des Weston. La manufacture se trouve à Limoges depuis plus de cent vingt ans. Elle est l'unique manufacture au monde à posséder sa propre tannerie, pour garantir un tannage végétal lent de ses semelles : une peau a besoin de plus d'un an pour être prête à garnir une chaussure. Il faut deux mois pour réaliser une paire. Les cinq cents cavaliers d'élite de la Garde Républicaine portent des bottes faites sur mesure, huit mois pour les fabriquer… Vous voyez cet éclat doré sous la semelle ? Les semences dessinent un « W ». Il appartient au club des « cloches ».

— Des cloches ? intervint Alexis, interloqué.

— Oui, confirma Louis. Il les a fait réparer dans la maison mère où elles ont été créées. Cela les rend encore plus précieuses.

— Louis, vous ne croyez pas que ça va chercher un peu loin, tout ça ? protesta Alexis.

— Savez-vous que les premières traces de chaussures remontent à plus de 40 000 ans ? Une époque bien trop ancienne pour conserver le moindre vestige. Mais l'analyse d'ossements a démontré leur existence. Leur port a modifié et réduit la charge du corps sur le squelette du pied. Nos ancêtres allaient peut-être chasser le mammouth à peine vêtus, mais ils le faisaient chaussés. Marcher avec des souliers qui blessent les pieds, connaissez-vous pire torture ? Pour pouvoir aller loin, il faut avoir de bons godillots. Alors quand ils touchent à l'apothéose, peut-être notre destin a-t-il une chance de s'en approcher aussi... En tout cas, j'imagine que c'est l'avis de Cendrillon !

Alexis sourit à ce trait d'humour inattendu dans la bouche du si sage Louis.

– J'ai effectivement lu ça quelque part : cette princesse est la preuve qu'une paire de chaussures peut changer une vie.

– Oh... voilà de quoi vous convaincre... Regardez ça...

Alexis se pencha et découvrit une silhouette féminine bien isolée dans ce matin si masculin. Contaminé par la passion de Louis, il eut le réflexe de porter son regard sur ses pieds. Et eut du mal à rester concentré sur la nouvelle tirade de son expert, soudain bien plus animé même s'il conservait un ton audible d'eux seuls.

– Vous voyez ce trésor ?

Alexis hocha la tête, tout à fait d'accord cette fois. La finesse des chevilles soulignée par les talons aiguille avait tout pour le convaincre. Chaque fois que la dame déplaçait le poids de son corps d'un côté ou de l'autre, les muscles de ses mollets saillaient sous les bas de soie. Quand elle se tourna de profil, Alexis put admirer une autre conséquence délectable de ses talons. Sa posture s'en trouvait transformée, gainant joliment ses fesses et projetant en avant sa poitrine.

— Alors, vous me croyez maintenant ? Voyez avec quelle aisance elle se déplace, malgré la hauteur ambitieuse à laquelle elle plane. C'est de la poésie à l'état brut. Écoutez cette musique, à chaque pas, elle fait chanter le carrelage. Des talons de huit centimètres et demi exactement, et ce cuir de nappa noir aux reflets brillants. Bichonnage à la main bien sûr, le cuir est d'abord nourri par une crème avant d'être ciré. Les quartiers s'ajustent parfaitement pour souligner la malléole. Et ce décolleté... voyez avec quelle impudeur il dévoile le coup de pied... (Des soupirs émus ponctuaient les chuchotements de Louis, et Alexis avait la gorge sèche par contagion.) Bien sûr, vous reconnaissez la semelle rouge légendaire : vous avez sous les yeux l'escarpin Pigalle, un modèle iconique de Christian Louboutin.

L'objet de leur admiration quitta le bar et ils reprirent leur souffle.

— Et encore... chuchota Louis d'une voix émue, je ne peux pas vous montrer une paire de Jimmy Choo, les sandales préférées de Lady Di. Ou une Aquazzura que la Duchesse de Sussex aime pour son joli nœud sur le talon. Des bottes Weitzman portées par Kate Moss...

Louis s'attristait de ne pouvoir continuer ses explications en s'appuyant sur les trésors qu'il citait. Alexis, se libérant peu à peu du charme dans lequel l'avait plongé l'innocent sujet de la démonstration de Louis, sourit presque de son air chagrin.

— Louis, ces talons vertigineux font rêver les hommes mais enrager les médecins ! Avez-vous une idée des dégâts qu'ils provoquent chez ces dames dans le seul but de nous séduire ?

Louis souffla avec mépris.

— Oui, je suis au courant. Mais dites-moi… La fameuse Converse All Stars a été créée en 1917. À votre avis, combien de vertèbres tassées et de dos déglingués par ces… « chaussures » (il prononça cette fois le mot comme s'il lui salissait la bouche) dépourvues de forme qui laissent s'avachir la voûte plantaire depuis maintenant 102 ans ?

L'atmosphère du lieu empêcha Alexis d'éclater de rire, le ramenant à plus de discrétion. Louis retrouva le sourire.

— Allons, monsieur, nous sommes déjà bien chanceux, avec nos chaussures fabriquées en série. Jusqu'au milieu du XIXe siècle, il n'existait pas de différenciation entre gauche et droite. C'était aux pieds de s'adapter à une forme unique, au prix de souffrances que je vous laisse imaginer. Et les dames ont, elles aussi, gagné en confort : sous Louis XVI, leurs talons grimpaient tellement hauts qu'elles devaient marcher avec une canne pour éviter de dégringoler !

Le barman vint débarrasser leur table et ils profitèrent un moment de leur silence complice. Alexis, charmé par les connaissances et la passion de Louis, dû admettre qu'il était temps de revenir à ses moutons. Alors il reprit la parole à contre-cœur.

— Louis, dites-moi... Vous rappelez-vous la cliente de la chambre 210 ? Elle est arrivée vendredi soir vers 21 heures.

— Oui. (Le sourire de Louis se déforma comme du sucre filé avant de s'évanouir.) C'était une Cendrillon en suspens.

Intrigué, Alexis masqua son excitation naissante : ils arrivaient au point où des informations allaient se dévoiler et lui permettre d'avancer malgré ses modestes baskets.

— Expliquez-moi.

Le portier laissa son corps s'appuyer sur le dossier pour la première fois depuis qu'il s'était assis.

— Le soir, certaines femmes franchissent ma porte à tambour au sommet de leur séduction. Elles brillent de la pointe de leur chaussure à l'éclat d'anticipation et d'espoir dans leurs yeux. Elles savent ne posséder que quelques heures, quelques nuits au mieux, pour séduire, et elles y jettent toutes leurs paillettes. Les épouses sont des coureuses de fond, elles se ménagent pour tenir sur la longueur. Mais les maîtresses sont des sprinteuses prêtes à tout miser sur le peu de temps qui leur est imparti. Parmi leur panoplie ensorcelante, les escarpins occupent une place de choix. Aucune femme n'ignore le pouvoir d'un talon de douze centimètres de haut sur le cœur d'un amant.

— La cliente de la 210 était de celles-ci ?
— Oui, absolument.
— Comment pouvez-vous en être si certain ?
— Vingt ans d'expérience, monsieur. Mais vous auriez vu ses chaussures, vous ne poseriez pas cette question.
— Des Louboutin ?

Louis soupira, entre extase et souffrance.
— Non. Bien autre chose.

Il se leva brusquement et fit signe à Alexis de le suivre. Ils retraversèrent le hall, subirent les regards lourds d'interrogation de la concierge et des collègues de Louis, franchirent la porte à tambour et se retrouvèrent soudain dehors en plein jour.

Parisiens et touristes avaient repris possession des rues à la faveur du retour de la lumière. Ils se précipitaient dans tous les sens, courant après un temps qui leur échappait sans cesse, et la chaussée disparaissait sous un embouteillage fumant. L'agitation bruyante leur sauta au visage, agressive, criante, klaxonnante.

Un moment secoué par le décalage avec le calme intérieur, Alexis se coula le long dans les pas de Louis. Ils longèrent les boutiques de luxe sans leur accorder un regard, et sans échanger un mot. Louis s'arrêta net devant le 29 rue du Faubourg Saint-Honoré, et Alexis reconnut sans surprise la boutique d'un chausseur de luxe. « Roger Vivier », lut-il sur l'enseigne. Derrière la vitre, chaussures et sacs étaient présentés comme des pièces d'art, mises en valeur par des éclairages dirigés, des jeux de couleurs, des supports aériens. Des bouquets de fleurs transformaient les espaces en jungles féériques, leurs teintes répondant subtilement aux créations comme si la nature n'était qu'un écrin aux œuvres exposées.

— En 1947, le talon aiguille apparut pour la première fois en France sur un tapis rouge, lors d'un défilé de Christian Dior. (La voix de Louis tremblait d'émotion. Alexis aurait parié qu'il regretterait toute sa vie durant d'avoir raté ce moment historique à ses yeux.) Inspiré par la mode italienne, il fut introduit en France par Roger Vivier et piqua le cœur de toutes les femmes du monde. Mistinguett en portait. Chanel lança son modèle bicolore. Jacky Kennedy assortit chacune de ses tenues à ses escarpins. Ferragamo, dont nous avons croisé la boutique en chemin, s'y mit également ; il dessina pour Marylin Monroe un modèle unique en autruche, crocodile et strass rouge. Charles Jourdan haussa le talon à huit centimètres, Ferragamo alla jusqu'à douze. La Parisienne avait de l'allure, à cette époque. Une allure que le monde entier lui enviait. Mais pour moi, Roger Vivier reste le maître absolu.

Louis se tut, son regard douloureusement fixé sur les trésors exposés derrière la vitre.

— Louis ? La cliente de la 210 portait des Roger Vivier ?

— Oui. J'ai cru défaillir, ce soir-là. Je ne m'étais pas préparé à la fulgurance de cette vision, les Flower Strass apparaissant juste là, devant moi, proches à les toucher.

Il pointa d'un doigt tremblant une paire d'escarpins écarlates reposant sur une étagère laquée blanche, entourée de pivoines rose fuchsia et de tulipes blanches. Le rouge s'épanouissait sur le vert des feuillages et des tiges, contraste parfait pour mieux imprégner la rétine.

— Les Flower Strass sont en satin, ornés de la boucle iconique de la maison Roger Vivier, réalisée en cristaux et strass. Les talons de dix centimètres de haut sont revêtus de soie. La semelle intérieure de cuir carmin est imprimée du célèbre cachet « Roger Vivier, Paris » en lettres dorées.

— Pouvez-vous me décrire cette femme, Louis ?

— Non. Non, pas vraiment. Je me rappelle seulement sa démarche de reine, l'assurance de son menton relevé. J'osais à peine la regarder, elle possédait ce privilège ahurissant de se déplacer avec une telle œuvre d'art aux pieds. Elle frôlait le sol, en apesanteur. J'ai tout oublié, ce soir-là. Mes rêves, mes regrets, mes petits carnets, mon grand projet… Il ne restait que les Flower Strass.

Louis fit brusquement demi-tour et repartit en sens inverse, tournant le dos à la quintessence de ses éblouissements. Alexis suivit le mouvement.

— Quel grand projet, Louis ? demanda-t-il machinalement.

Il continua d'abord à marcher sans répondre, songeur. Quand il reprit la parole, Alexis crut voir des larmes au coin de ses yeux.

— Marie-Antoinette possédait une collection de cinq cents paires de chaussures. Certaines étaient même brodées de diamants et d'émeraudes. Je comprends que cela ait pu paraître inadmissible, à une époque où les pauvres avaient de malheureux sabots ou des chiffons de lin pour protéger leurs pieds, et mourraient de faim. Mais cette collection... Quand mon père est mort, j'ai dû lutter contre ma mère pour garder la petite boutique avec son modeste logement au-dessus. Et le prix à payer a été de trouver du travail tout de suite. J'ai eu de la chance. J'ai été embauché au Bristol, et assigné à ma porte à tambour, où j'admire à longueur de nuit le défilé des trésors que ni mon père ni moi n'avons pu créer. Alors je voulais ouvrir un musée de la chaussure, ici, dans cette rue où tant de créateurs exposent leurs œuvres. J'ai économisé sou à sou pour constituer ma propre collection. Depuis vingt ans, patiemment, jour après jour, j'assemble les pièces de mon rêve.

Louis s'arrêta de nouveau, et Alexis releva les yeux. Il avait l'impression étrange que Louis oscillait, au bord de l'effondrement. Quelque chose craquait en lui, et Alexis ignorait sous quelle forme s'exprimerait la rupture : l'abattement, la violence, la fuite ? Il n'en avait aucune idée. Il suivit le regard fixe de Louis et découvrit l'étroite vitrine devant laquelle ils s'étaient arrêtés. Une vitrine recouverte de papier miroir pour réfléchir le regard des passants, sur laquelle on pouvait lire en lettres dorées soulignées de bordeaux « Aux souliers de vair – maître bottier », puis en-dessous, en blanc, « cordonnier ».

Louis tira une clé de sa poche, la porte s'ouvrit en faisant tintinnabuler une petite clochette de cuivre. Alexis le suivit à l'intérieur une fois la lumière allumée. Les étagères d'acajou luisaient doucement, répandant une odeur de cire au parfum violemment nostalgique. Certaines supportaient des chaussures dont le cuir brillant ajoutait leur touche feutrée à l'atmosphère luxueuse. Alexis s'approcha et parcourut lentement l'exposition. De petits écriteaux indiquaient le nom de chaque modèle, son créateur et son année de naissance. Il repéra les fameux escarpins Louboutin qui lui avaient chaviré l'esprit au bar. Alors l'appréhension crispa lentement son corps, remontant le long de ses jambes et de sa colonne vertébrale pour venir s'insinuer dans son crâne. Un prénom de femme s'inscrivait en-dessous, encadré par des guillemets. « Célia ».

— Louis, qui est Célia ? demanda Alexis d'une voix étouffée, commençant à craindre le pire.

Louis s'assit sur la banquette de bois tournant autour de la boutique.

— La Cendrillon qui portait ces chaussures, admit calmement Louis. Il y a six mois, j'ai appris que j'étais malade.

Il passa sa main dans ses cheveux et Alexis sursauta en les voyant rester dans sa main. Louis posa sa perruque sur ses genoux et le regarda avec une telle résignation qu'Alexis, les jambes sciées, se laissa tomber sur le banc à son tour. Louis continua sans le regarder, sa coiffe pitoyablement enfermée dans ses paumes.

— J'ai bataillé de mon mieux. Mais pour le cas où… La seule chose que je voulais, c'était parvenir à réunir cette collection. Je n'avais plus le temps de la construire pas à pas au rythme de mes économies. Alors… alors j'ai commencé à en voler. Quand les jeunes Cendrillon éconduites s'effondraient au petit matin dans un coin du grand hall sur leur Prince Charmant déjà lassé, je les consolais. Elles me faisaient vraiment de la peine, ces petites, avec les étoiles qui leur avaient dégringolé des yeux pour se transformer en rivières sur leurs joues. Je les aidais à remonter discrètement dans leur chambre, les poussais à se passer de l'eau fraîche sur le visage, et à prendre un peu de repos pour y voir plus clair. Les collègues m'en étaient reconnaissants, cela leur évitait des scènes à l'entrée de l'hôtel. Une fois endormies, assommées par leur chagrin, je m'éclipsais, escamotant leur paire de chaussures. La première fut Célia.

— Mais, en se réveillant, elles ne disaient rien ?

Louis haussa les épaules.

— Non. Elles devaient garder des souvenirs flous de leur réveil dramatique, j'imagine. Les sanglots brouillent toujours la mémoire. Alors elles pensaient peut-être les avoir égarées quelque part. Ou pleuraient encore davantage en imaginant monsieur venir récupérer un cadeau galant avant de disparaître sans même les saluer. Enfin, c'est ce que j'ai cru, car aucune n'a rien signalé.

Alexis en aurait eu les larmes aux yeux, lui aussi, s'il n'avait eu tant d'expérience pour blinder son cœur face aux histoires consignées dans ses petits carnets. Il était venu à Louis pour obtenir des indices lui permettant de dérouler son enquête. Mais à cet instant, il entrevoyait déjà la ligne d'arrivée, et elle lui causait une peine profonde.

— Louis, combien de femmes… (Alexis hésita, choisit soigneusement ses mots pour ne pas le brusquer.) Combien de femmes ont enrichi votre collection de cette façon ?

— Douze, murmura Louis.

Alexis se releva, arpentant nerveusement la boutique. Il chercha, mais nulle part il ne vit les Flower Strass de Roger Vivier qui faisaient tant vibrer Louis. Il en éprouva du soulagement, un soulagement infini : au fil des heures, il s'était attaché à son fétichiste de la chaussure. Louis se leva, traversa la pièce et disparut à côté. En le suivant, Alexis découvrit l'atelier. Chaque outil décrit par Louis était soigneusement rangé, jusqu'au tablier de cuir accroché à une patère. Louis se pencha, sortit une boîte cachée sous l'établi, et le corps d'Alexis se glaça en devinant ce qu'elle renfermait.

— Elle s'appelait Elisabeth, n'est-ce pas ? demanda Louis, les joues ravagées par les larmes. C'était la treizième paire. Il fallait bien que cela nous porte malheur, à tous les deux. (Il souleva le couvercle et les précieuses écarlates apparurent.) Je suis tellement désolé, monsieur. Je voulais arrêter. Mon médecin venait de m'annoncer une bonne nouvelle : je suis en rémission, j'avais à nouveau tout mon temps. Mais quand je les ai vues… Je n'ai pas pu résister.

Alexis attrapa un gant de latex dans son sac à dos pour saisir la boîte, et Louis l'abandonna comme s'il se débarrassait d'un fardeau. Alexis avait trouvé son meurtrier, sans même avoir eu le temps d'ouvrir un carnet. Pourtant, il avait la gorge nouée, il aurait bien voulu pouvoir réécrire l'histoire.

— Que s'est-il passé, Louis ?

— Au lieu de remonter dans sa chambre, elle est sortie dans la rue comme une furie. Ses larmes ne coulaient pas sur ses joues, elles s'évaporaient de colère. J'ai essayé de la calmer, mais sa fureur montait crescendo. Et dans un mouvement de rage, elle a flanqué un grand coup de pied dans un plot de béton. C'était… un cauchemar. (Louis tendit un doigt tremblant pour soulever un des escarpins nichés dans un papier de soie et montra l'éraflure qui le défigurait.) Elle allait recommencer, elle allait les détruire !

Sa panique était sensible, il en tremblait de nouveau, son corps presque révulsé, son teint blême. Il pleurait l'inimaginable, le crime qui se déroulait sous ses yeux et qu'il ne pouvait laisser s'accomplir.

— Alors je me suis accroché à ses jambes, pour sauver les Flower Strass. Mais elle a basculé en arrière, et sa tête a heurté le plot de béton voisin avec un son atroce. Puis elle est restée étendue là, sans un bruit. Je ne sais pas combien de temps cela a pris, mais un filet de sang a commencé à se répandre sur le trottoir. J'ai touché son cou, guetté un battement de cœur malgré son regard vitreux posé vers le ciel. Elle n'était plus en colère. Elle était morte sur le coup.

Alexis essaya de rétablir le rythme de sa respiration. Il était resté en apnée durant les derniers mots de Louis. Il comprenait petit à petit que c'était un accident. Louis n'avait pas sciemment tué une femme pour lui voler ses chaussures. C'était dramatique, et Louis devrait se soumettre à la justice. Mais il préférait ça à un assassinat froidement préparé. Il referma la boîte et la déposa sur l'établi. Puis plongea une main dans la poche de sa veste et en ressortit sa carte professionnelle.

— Louis, je suis inspecteur de police. Je suis chargée de l'enquête sur la mort de madame Elisabeth Lacroix.

— Je sais, admit tristement Louis. Je le sais depuis le début. Je vous remercie de m'avoir écouté avec tant de patience, monsieur.

Alexis ne savait plus comment s'y prendre devant son portier, coupable de hasard.

— Louis, je dois procéder à votre arrestation.
— Oui, monsieur. Puis-je vous demander une faveur ?
— Dites toujours.
— M'autorisez-vous à repasser au Bristol ?

Alexis fronça les sourcils, soudain sur le qui-vive.

— Non, ne vous inquiétez pas, je ne veux ni fuir ni provoquer un scandale. Je souhaite juste, si cela est possible, dire au revoir à ma porte à tambour. Elle a été le pivot de ma vie pendant vingt ans. J'ai aimé chaque soir où j'arrivais au travail. Chaque nuit était la promesse d'une aventure, d'émerveillement grâce aux pieds de ces dames. Ma vie s'est articulée autour des pas perdus de ce grand hall.

Alexis hésita. Si Louis tentait de fuir, ou s'il provoquait un incident dans la rue ou au Bristol, il en serait responsable. La demande du portier devenu suspect contrevenait à toutes les règles de procédure, et il aurait dû appeler une voiture pour l'embarquer à l'instant où la vérité lui avait été livrée. Mais Louis espérait, acceptant d'avance sa réponse, prêt à se soumettre à sa décision. Alors Alexis décida de lui offrir cet au revoir pour atténuer un peu la violence de ce qui l'attendait. Il accorda sa permission d'un mouvement de tête, et ils regagnèrent tous les deux la rue.

Louis verrouilla soigneusement la porte de son musée imaginaire, puis ils marchèrent côte à côte en silence sur le trottoir, sans plus prêter attention au capharnaüm qui les cernait. Alexis s'attristait de ce carnet qui se refermait avant même d'avoir été ouvert, sans s'alarmer de la liberté de mouvement de son coupable. Il avait même l'impression que Louis ralentissait son pas pour lui éviter toute inquiétude quant à la nature de ses intentions. Un homme ayant passé vingt ans à tenir une porte pour épargner à des privilégiés d'avoir à le faire eux-mêmes devait avoir développé un sixième sens pour décrypter les besoins des autres. Ils pénétrèrent dans le hall, Alexis rassura d'un geste la concierge prête à jaillir sur leur chemin pour défendre son palace. Louis ne ferait aucun mal à personne, mais la tristesse du ballet des regards disait assez que le policier avait trouvé son criminel. Une grande détresse se lut aussitôt sur le visage de la supérieure de Louis, et Alexis se promit de revenir tout lui expliquer.

Il enfila les couloirs à la suite du portier, conscient d'assister à une avalanche d'adieux silencieux. Les murs, le carrelage, les consoles, les lustres, les tableaux… tous avaient servi d'écrin à deux décennies de vie. Arrivé dans le vestiaire du personnel, Louis ouvrit son placard et en sortit une boîte, provoquant instantanément une nouvelle poussée d'adrénaline chez l'inspecteur. Mais Louis révéla aussitôt de multiples petits cahiers soigneusement rangés.

— Un musée de la chaussure se doit de proposer une anthologie de la chaussure. Ce sont mes notes pour l'écrire. Ai-je le droit de les prendre ? En prison, j'aurai tout mon temps pour la terminer.

— D'accord.

C'est tout ce qu'Alexis trouva à répondre. Il voyait apparaître en Louis la même résignation que celui-ci avait lu dans la voussure paternelle. Il avait tenté de redonner vie aux rêves de son père. Et comme lui, il avait échoué. Alexis pensa que plus jamais Louis ne relèverait la tête. Il passerait les années à venir, humblement penché sur ses carnets, comme son père l'avait fait sur des souliers.

Ils regagnèrent la sortie à pas lents. Chaque objet, chaque rayon de lumière, chaque reflet coloré avait droit à un adieu silencieux. Alexis jugea inutile d'appeler un véhicule de police. Il préférait préserver le calme de ce majestueux hôtel parisien, et l'amour que Louis lui portait. Arrivé devant la voiture banalisée, il ouvrit la portière et fit monter Louis. Celui-ci s'assit calmement, sa boîte sur les genoux. Puis il leva la tête vers Alexis et avoua d'une voix douce :

— Roger Vivier a dit « Un talon aiguille termine la silhouette d'un coup de crayon ». Moi, monsieur, ce crayon a écrit l'histoire de ma vie.

Louis s'abandonna à son nouveau style de vie avec une facilité déconcertante. Après avoir vécu dans un perpétuel décalage pendant plus de vingt ans, son corps se ressourçait en reprenant un rythme diurne. Bien sûr, sa cellule claire-obscure ne lui offrait pas un bronzage optimal. Mais il profitait de chaque minute de la promenade quotidienne, son visage tendu vers le ciel, même nuageux, et se portait volontaire pour toutes les activités extérieures. Les cernes, qui avaient si longtemps pesé sur son regard, s'effaçaient progressivement, sa peau retrouvait un rose soyeux. En fait, Louis s'en voulait presque de s'épanouir si ostensiblement. Sa pénitence pour avoir tué un être humain se révélait bien légère : il lui paraissait injuste et à la limite de l'indécence de purger sa peine avec tant de sérénité.

Mais le hasard semblait décidé à se faire pardonner les embûches déposées sur son chemin de vie. Une femme venait une fois par semaine animer un atelier d'écriture. La plupart de ses codétenus voulaient raconter leur quotidien entre les murs, ou expliquer les souffrances et les mauvais choix qui les avaient conduits là. Louis tenait enfin l'opportunité d'être guidé pour mettre de l'ordre dans les petits carnets accumulés dans sa boîte depuis tant d'années. Il avait maintenant un grand cahier, où l'écrivain l'aidait à construire la trame de son anthologie. Cette petite bonne femme haute comme trois pommes et aux cheveux fous se passionnait pour son projet. Elle lui avait demandé l'autorisation de raconter son histoire à lui : il avait accepté, perplexe quant au sujet. Leurs bavardages débordaient largement l'espace-temps de l'atelier, alors elle revenait le voir durant les heures de visite.

Quand il fut appelé ce jour-là, il crut que c'était elle, ou encore Alexis, devenu un habitué. Oserait-il dire un ami ? Louis avait en tout cas la sensation que le lien qui se tissait au fil de leurs conversations ressemblait fort à de l'amitié. Jusqu'à la joie faisant naître son sourire quand il reconnaissait les larges épaules du policier. Mais une silhouette étrangère l'attendait cette fois, assise à une table. Elle se cachait derrière les mèches brunes remontant en accroche-cœur sur sa nuque et ses joues. Les yeux de Louis furent aimantés par ses pieds, ornés de délicates bottines lacées lui dessinant de longues jambes graciles. D'être ainsi replongé dans la réalité de sa passion, le cœur de Louis se mit à battre plus fort, et l'amoureux des souliers parcourut les derniers mètres les jambes flageolantes. Il se glissa timidement sur la chaise en face de l'inconnue et attendit.

Elle leva la tête, croisa son regard furtivement, le temps de le foudroyer sur son siège, puis revint se poser vraiment sur lui.

— Bonjour, Louis. Vous me reconnaissez ?

Louis dut s'y reprendre à plusieurs fois pour récupérer le contrôle de sa voix.

— Oui, madame. Vous êtes Célia. La femme aux escarpins Pigalle de chez Louboutin.

Elle eut un sourire lumineux, comme si elle était heureuse d'avoir laissé une empreinte dans son esprit.

— Oui, c'est moi. L'inspecteur Molinier me les a rendues.

Penaud, Louis baissa les yeux de honte.

— Je suis désolé d'avoir profité de votre détresse pour vous les voler.

— Je suis contente d'avoir retrouvé mes chaussures. Mais ce dont je me rappelle surtout, Louis, c'est la douceur avec laquelle vous m'avez consolée.

Surpris, Louis regarda le fin visage au menton pointu tendu vers lui. Ses cheveux noirs brillaient avec l'éclat sourd d'un cuir de nappa, et une soudaine envie de les caresser submergea Louis. Il cacha ses mains entre ses cuisses pour retenir ce geste impensable.

— Je crois avoir fait plus de mal que de bien, ce jour-là.

— Au contraire, Louis. Vous avez été le premier depuis longtemps à me témoigner de l'attention et du respect. En fait, j'avais oublié qu'un homme pouvait se montrer gentil sans rien attendre en retour.

Louis s'empourpra.

— J'ai volé vos chaussures, madame, ce n'est pas rien.

— Les autres ont envahi mon corps, c'est bien pire, croyez-moi. Et puis, au moins avez-vous pris soin de mes escarpins, vous. Les autres, je ne peux pas en dire autant.

Un profond désarroi marqua soudain le petit visage triangulaire et Louis prit spontanément sa main dans la sienne pour la réconforter. Elle lui rendit son étreinte avec émotion.

— Ce matin-là, vous avez tenu ma main comme ça, je m'en rappelle. Jusque dans mon sommeil.

Il hocha la tête en silence, troublé par ce souvenir autant que par le contact de leurs peaux.

— L'inspecteur Molinier m'a dit que vous aviez volé d'autres chaussures, après.

— Oui, admit Louis, malheureux. Douze paires. Et la treizième... la dernière fut dramatique, c'est pour ça que je suis là.

— Oui, je sais. L'inspecteur m'a raconté. Il m'a aussi affirmé que c'était un accident. Louis... j'aimerais vous poser une question.

— Oui, madame.

— Mes escarpins sont les seuls à avoir porté un prénom dans votre musée. Les autres paires étaient anonymes. Vous pouvez m'expliquer pourquoi ?

Louis tira nerveusement sur le pli de son pantalon et tenta d'échapper au regard perçant de Célia qui l'hypnotisait. Puis il rendit les armes.

— Vous êtes la première. La première fois reste toujours la plus importante. Vos escarpins... ils scintillaient autrement sur ma petite étagère. J'aimais les regarder au petit matin en rentrant du travail. J'avais été tellement ému que j'ai recommencé, espérant revivre la même expérience. J'ai eu des coups de cœur pour chaque paire volée, mais je n'ai plus jamais ressenti la même chose, avoua Louis piteusement.

— Moi aussi, je suis passionnée au-delà du raisonnable par les chaussures, Louis. Et moi aussi, j'ai fait de grosses erreurs pour elles. Je me suis perdue moi-même. Notre rencontre… Quand j'ai découvert la disparition de mes Louboutin, j'ai paniqué. Puis je me suis demandé si c'était vraiment elles, le plus important, ou mon corps abandonné et mon cœur en miettes. J'y ai vu un signe. Depuis, je ne cherche plus le Prince Charmant à tout prix dans les palaces. J'ai retrouvé un travail, je suis secrétaire de direction. Je crois avoir repris le chemin du bonheur.

Les yeux de Louis s'écarquillèrent et deux grosses larmes coulèrent sur ses joues.

— Alors, peut-être qu'un peu de bien est né du mal que j'ai fait, murmura-t-il avec gratitude. Je suis heureux pour vous, madame.

Elle prit sa deuxième main dans la sienne et se campa bien en face de lui, les coudes sur la table.

— Louis, vous voulez bien m'appeler Célia ?

Il s'empourpra de nouveau.

— Je ne sais pas si j'oserai.

— Et si je reviens vous voir, vous pensez pouvoir vous y habituer ?

Louis, interdit, la fixa. Il avait tellement appris l'humilité à l'ombre de son père et aux aguets près de sa porte à tambour, qu'il avait perdu depuis longtemps l'espoir de représenter quelque chose pour quelqu'un. Et tout à coup, cette jeune femme magnifique et touchante le regardait avec une prière dans les yeux.

— Oui, madame, j'ai très envie de m'habituer.

Louis passa trois ans en prison pour racheter son homicide involontaire. Cela lui parut bien peu, en regard de la vie qu'il avait fauchée. Mais la loi estimait cela suffisant quand il s'agissait d'un accident. Il espérait que l'âme d'Elisabeth serait d'accord. Elle était morte en colère, c'était déjà malheureux ; il ne voulait pas aggraver son mal et souhaitait qu'elle puisse trouver la paix.

Célia attendait Louis à sa sortie de prison. Ils avaient passé ces 1095 jours à s'apprendre et s'aimer dans le pointillé des visites. 1095 jours pour tisser une relation qu'aucun n'avait attendue et qui s'était imposée. C'était à la fois très long, comme durée, et très court. Ce furent peut-être les nuits que l'absence fut la plus douloureuse, quand leurs corps et leurs esprits fatigués peinaient à sombrer dans le sommeil et auraient voulu se bercer de la chaleur de l'autre. Les journées, elles, avaient filé sans compter.

Louis suivait l'emploi du temps minuté de la prison, emplissant chaque minute disponible de mots couchés sur le papier. Après maints tours et détours, il avait atteint son rêve : une inscription à une formation de cordonnier avait été validée pour encourager sa réinsertion. Louis ne voulait plus œuvrer la nuit, il avait repris goût au jour. Les ateliers d'écriture, les visites d'Alexis, les rendez-vous de sa princesse rythmaient ses mois.

Célia, elle, avait travaillé cinq jours par semaine. Elle courait au parloir aussi souvent que possible, repartant le cœur battant des regards de Louis et les bras chargés de cahiers qu'elle s'empressait ensuite de taper. Ses doigts couraient gracieusement sur le clavier à la rechercher des pensées de son aimé. Au-delà des strass qui l'avaient éblouie, elle découvrait grâce à lui les racines de sa passion, et avait profité de ses vacances pour aller visiter les musées de la chaussure depuis Romans jusqu'à Lausanne en passant par le Vantoux.

Aujourd'hui, Louis sortait et plus aucun mur ne s'opposait à l'accomplissement de leur fusion. Ils allaient enfin pouvoir vivre l'histoire tissée de regards et de rêves, élaborée pendant ces 1095 jours. Ils restèrent longtemps face à face sur le trottoir à se regarder, émus et craignant presque de rendre leurs espoirs trop concrets. Puis Célia murmura :

— Quel est ton rêve maintenant ?

Louis avait eu besoin de temps pour réapprendre à espérer. Une chose oubliée depuis si longtemps demandait patience et encouragement pour sortir du sommeil. Célia débordant de ces deux qualités, Louis avait repris confiance, en elle plus qu'en lui.

— Que tu m'embrasses sous la pluie. Et le tien ? demanda Louis timidement.

Célia leva la tête vers le ciel, heureuse d'y découvrir de lourds nuages gris sur le point de s'abandonner.

— Qu'il pleuve, souffla-t-elle avec un sourire quand la première goutte de pluie rebondit sur sa joue.

Depuis ce jour, ils vont quotidiennement boire leur premier café au bar du Bristol, à quelques pas de chez eux. C'est grâce à lui qu'ils se sont rencontrés, ce lieu est à leurs yeux plus qu'un hôtel, bien plus qu'un palace.

*

Si vous vous promenez rue du Faubourg Saint-Honoré, vous dénicherez peut-être, à deux pas du Bristol, l'étroite vitrine d'un maître-bottier-cordonnier. N'hésitez pas à entrer, malgré le film miroir qui recouvre la vitre. Une clochette signalera votre arrivée. Il est probable que Célia se lève avec grâce pour vous accueillir, perchée sur des talons à vous donner le vertige. À ses côtés, vous trouverez, selon l'heure et le jour, un homme assis, en train de bavarder en buvant un café ; il s'appelle Alexis, c'est un ami, il est ici chez lui. Si la boutique est vide, Célia surgira de la pièce voisine, où chanteront le tap-tap du marteau à frapper et le crissement de la pince plate sur les semences.

Si vos souliers sont en souffrance, confiez-les à Louis, il les réparera avec amour. Sinon, laissez Célia vous faire découvrir les trésors de leur collection qui continue à s'étoffer pas à pas, au fil du temps. Vous pourrez glisser une petite pièce dans la tirelire posée sur le vieux comptoir, celle avec l'étiquette « merci pour la visite guidée ». Peut-être même repartirez-vous avec un exemplaire de *L'anthologie de la chaussure*, écrit par Louis et Célia.

Moi, j'ai eu grand plaisir à vous conter leur histoire.

Emilie Riger vit dans le Loiret, un endroit parfait pour élever ses trois petits lutins. Elle a pratiqué de multiples métiers, depuis historienne de l'art jusqu'à diététicienne. Aujourd'hui écrivaine, elle propose des ateliers d'écriture pour partager sa passion.

Après avoir gagné le concours de nouvelles de Quais du Polar de Lyon en 2018 avec « *Maux comptent triple* », elle remporte le Prix Femme Actuelle – Les Nouveaux Auteurs du roman Feel Good pour son roman « *Le temps de faire sécher un cœur* » (disponible chez Pocket fin mars 2020).

En 2019 ont été publiés *Les Assiettes cassées* et *Mission Mojito*.

Sous le nom d'Emilie Collins ont été publiés *Les Délices d'Eve, Cœur à Corps, L'Oiseau rare*. À paraître *Top to Bottom* (mai 2020).

REMERCIEMENTS

Ce recueil est comme un rendez-vous, une invitation à laquelle on se réjouit de répondre.

Pour la deuxième fois, nous avons mélangé nos histoires sur un thème commun.

Pour la deuxième fois, ce fut un immense plaisir.

Gageons que nous n'avons pas dit ici notre dernier mot...

Merci à Ergé, pour ton talent de photographe et ta plume poétique dans la préface.

Merci aux élèves de l'école en communication de l'ISCPA Lyon et particulièrement à Benjamin Célérier, créateur du logo Livres en Cœur.

Merci à Claire, pour ton professionnalisme et ta disponibilité. Les visuels sont tout simplement superbes !

Merci à Florence, ton enthousiasme illumine notre vie d'auteur. Tu es notre soleil !

Merci à Nelly, ton amitié et ta bienveillance ont le pouvoir de rayonner au-delà des écrans et au-delà des frontières. Sans toi, rien de tout ceci n'existerait.

Merci aux Lectipotes, ces Pingouins papivores ! Votre présence nous est tellement précieuse. Nous vous adorons.

Et merci à vous, chers lecteurs, car en tenant cet ouvrage entre vos mains, vous devenez le magicien qui permet à notre rêve de se réaliser.

Nous en sommes convaincus, les livres sont des morceaux d'humanité.

Dominique, Rosalie, Frank et Emilie

Vous avez aimé *Un hôtel à Paris*,
découvrez…

Quatre auteurs vous livrent des récits décalés, mélange d'émotion et d'humour, autour d'un fil conducteur « la lecture », qui s'invite comme un personnage à part entière.

Alice, cadre en ressources humaines, licenciée brutalement, se prend une cuite mémorable et enchaîne les péripéties et les rencontres.

Maya et Jasmine, deux sœurs, tentent de convaincre leur père âgé de quitter la demeure familiale et ses souvenirs, pour une maison de retraite.

Florence, célibataire déçue par ses histoires d'amour, vit chaque soir sa vie dans les livres, jusqu'au jour où l'un des personnages devient plus vrai que nature.

À la bibliothèque, Simon, étudiant, tombe sous le charme d'une mystérieuse lectrice qui modifie à jamais le cours de sa vie.

La lecture sera-t-elle une réponse à leurs interrogations ?

TABLE DES MATIERES

Préface _____ 9
Ergé

Hôtel des Anges _____ 15
Dominique VAN COTTHEM

Hôtel Paradis _____ 57
Rosalie LOWIE

Le mystère de la chambre 18_____ 99
Frank LEDUC

La 13ème paire _____ 129
Emilie RIGER